KB109096

"自分は、人間を極度に恐れていながら、それでいて、人間を、どうしても思い切れなかったらしいのです。"

"저는 인간을 극도로 두려워하면서도 아무래도 인간을 단념할 수가 없었던 것 같습니다."

─다자이 오사무

다자이 오사무

#太宰治

디 에센셜
The essential

3

유숙자, 김춘미

민음사

일러두기

'디 에센셜 시리즈'는 소설과 에세이를 한 권에 담아 소개하는
것이 특징이다. 하지만 다자이 오사무의 경우 자전적 사실이나
실생활 경험이 작품 속에 빈번히 녹아들어 묘사된다. 물론 작가가
자신의 체험을 전혀 허구화하지 않은 것은 아니다. 전통적인
소설과 에세이의 중간쯤에 놓인 작품도 보인다. 이 책에는 다자이
문학의 특징으로 빼놓을 수 없는 '여성 독백체'가 빛나는 작품을
선별했으며, 아울러 다양한 작가적 면모를 친근하게 발견할 수 있는
작품들을 엄선해 담았다.

차례

6월 19일

1940년 발표. 다자이의 작품에는 수필적 성격을 띤 단편이 적지 않다. 「6월 19일」은 다자이 수상집에 수록된 에세이다. 자신의 출생이 평범한 데에 실망했다지만, 작가의 삶은 결코 평범하지 않았다.

6월 19일

아무런 준비도 없이 원고지 앞에 앉았다. 이런 걸 진정한 수필이라 하는지도 모른다. 오늘은 6월 19일이다. 하늘이 맑다. 내가 태어난 날은 1909년 6월 19일이다. 나는 어린 시절, 묘하게 비뚤어져서, 자신을 부모님의 진짜 아이가 아니라고 굳게 믿은 적이 있다. 형제 가운데 나 혼자만 따돌림을 당하는 느낌이 들었다. 용모가 시원찮은 탓에 집안사람들로부터 무어라 놀림받았고, 그래서 점차 비뚤어졌는지도 모른다. 곳간에 들어가, 이런저런 문서를 살펴본 적이 있다. 아무것도 발견하지 못했다. 오래 전부터 우리 집을 드나드는 사람들에게 슬며시 물어보며 다닌 적도 있다. 그 사람들은 한바탕 웃었다. 내가 이 집에서 태어난 날에 대해, 다들 분명히 알고 있었다. 해 질 녘이었습니다. 저기, 작은 방에서 태어났습니다. 모기장 안에서 태어났습니다. 아주 순산이었습니다.

곧장 태어났습니다. 코가 큼직한 아이였습니다. 여러 가지를 똑똑히 가르쳐 주니, 나도 의심을 포기하지 않을 수 없었다. 어쩐지, 실망했다. 나 자신의 평범한 운명이 불만스러웠다.

일전에, 모르는 시인에게서 편지를 받았다. 그 사람도 1909년 6월 19일생이라 한다. 이것도 인연인데 하룻밤 마시지 않겠습니까, 라는 편지였다. 나는 답장을 보냈다. "저는 보잘것없는 사내라서, 만나면 틀림없이 실망하시겠지요. 아무래도, 무섭습니다. 1909년 6월 19일생의 숙명을, 당신도 아시리라 생각합니다. 아무쪼록 그 소심함을, 용서해 주십시오." 비교적 솔직하게 써졌다고 생각했다.

여치

1940년 발표. 훗날 작가는 이 작품에 대해, 당시 수입이 좀 생겼는데 금세 다 써 버리기는 했지만 자신도 이른바 '원고 장사꾼'이 되어 버리는 건 아닐까 걱정되어 스스로 경계하는 의미에서 썼다고 밝혔다. 마음속 속물근성을 훈계한 것이라고 했다.

"헤어지겠습니다."라는 첫 문장이 우선 시선을 끈다. 그런데 화자는 작가가 아니다. 다자이가 들려주는 여성 고백체를 음미해 볼 만하다.

◇◇

여치

◇◇

헤어지겠습니다. 당신은 거짓말만 했습니다. 제게도
틀린 구석이 있을지 모르겠습니다. 하지만 저는, 저의
어디가 틀렸는지 알 수 없어요. 저도 벌써 스물넷입니다.
이 나이가 돼선, 어디가 틀렸다고 들어도, 저는 이제 고칠
수가 없습니다. 한 번 죽어서 그리스도처럼 부활이라도
하지 않고는, 고쳐지지 않습니다. 스스로 죽는다는
건 가장 큰 죄악이라는 느낌도 드니까, 저는 당신과
헤어져서 제가 옳다고 여기는 삶의 방식으로 당분간
살면서 애써 볼 생각입니다. 저는 당신이 무서워요.
분명히 이 세상에선 당신의 삶의 방식이 옳은 건지도
모릅니다. 그렇지만 저는 그렇게는, 도저히 살아갈 수
없을 것 같습니다. 제가 당신에게로 온 지, 어느새 오 년이
되었습니다. 열아홉 살 봄에 선을 봤고, 그러고 나서 곧장
저는 달랑 몸 하나만으로 당신에게 왔습니다. 이제야

말씀드리지만, 아버지도 어머니도, 이 결혼에는 극구
반대했습니다. 남동생도, 그 아인 대학에 막 입학했을
무렵이었는데, 누나, 괜찮아? 라며 올된 말을 하고서
언짢은 기색을 보였습니다. 당신이 싫어할까 봐 오늘까지
잠자코 있었습니다만, 그즈음 제겐 다른 두 군데, 혼담이
있었습니다. 이젠 기억조차 가물거릴 정도인데, 한 분은
아마도 제국 대학 법과를 갓 졸업한, 외교관을 지망하는
도련님이라 들었습니다. 사진도 봤습니다. 낙천가인 듯
환한 표정이었습니다. 이건 이케부쿠로[1]에 사는 큰언니가
추천했습니다. 또 한 분은 아버지 회사에 근무하는
서른 남짓한 기술자였습니다. 오 년이나 전 일이라
기억도 흐릿하지만, 아마도 큰 집안의 맏아들로 인물도
반듯하다고 들었습니다. 아버지가 마음에 들어 하신
듯하고, 아버지도 어머니도 열심히 지지했습니다. 사진은
보지 못했던 것 같습니다. 이런 건 아무래도 상관없지만,
또 당신한테 흐흥! 비웃음을 당하면 괴로우니까 기억하고
있는 것만 분명히 말씀드렸습니다. 지금, 이런 말씀을
드리는 건 결코 당신을 일부러 짓궂게 괴롭힐 작정에서도
그 무엇도 아닙니다. 이건 믿어 주세요. 제가 곤란합니다.
다른 좋은 곳으로 시집을 갔더라면 좋았을 텐데, 같은

---

1   도쿄에 있는 지명.

부정하고 멍청한 생각은 눈곱만큼도 하지 않으니까요. 당신 이외의 사람을, 저는 생각할 수 없습니다. 늘 그런 투로 비웃으시면, 저는 곤혹스럽습니다. 저는 진지하게, 말씀드리는 거예요. 끝까지 들어 주세요. 그때나 지금이나, 저는 당신 이외의 사람과 결혼할 마음은 조금도 없습니다. 그건 확실합니다. 저는 어렸을 때부터 우물쭈물하는 게, 무엇보다 싫었어요. 그 무렵 아버지에게 어머니에게, 또 이케부쿠로의 큰언니에게도 여러 말을 들었고, 아무튼 맞선만이라도, 하면서 재촉했지만, 저로서는 맞선도 혼례도 다 똑같은 거라는 느낌이 들어서 가벼이 대답할 수 없었습니다. 그런 분과 결혼할 마음은, 전혀 없었거든요. 다들 말하는 대로 그런 더할 나위 없는 분이라면, 굳이 제가 아니더라도 다른 훌륭한 신부를 얼마든지 찾을 테고, 어쩐지 보람 없는 일이라고 생각했습니다. 온 세상에서 (이렇게 말하면, 당신은 단박에 비웃습니다.) 내가 아니면 시집을 안 갈 것 같은 사람에게 가고 싶다고, 저는 막연히 생각했습니다. 마침 그때 당신 쪽에서 그 이야기가 있었습니다. 대단히 난폭한 이야기였던 터라, 아버지도 어머니도 처음부터 언짢아하셨습니다. 그럴 것이, 그 골동품상 다지마 씨가 아버지 회사로 그림을 팔러 와서 한바탕 수다를 늘어놓은 끝에, 이 그림의 작가는 머잖아 틀림없이 크게 될 겁니다. 어떻습니까? 따님을 한번,

어쩌고 조심성 없는 농담을 꺼냈고, 아버지는 적당히
흘려들으시고도 어쨌건 그림만은 사서 회사 응접실 벽에
걸어 두었는데, 이삼 일 지나 또 다지마 씨가 찾아와서
이번엔 진지하게 제안을 해 왔다고 하지 않겠어요?
난폭하잖아요. 심부름하는 다지마 씨도 다지마 씨지만,
그 다지마 씨에게 그런 걸 부탁하는 남자도 남자다, 하고
아버지도 어머니도 어이없다는 기색이었습니다. 하지만
나중에 당신한테 들으니, 그건 당신이 전혀 몰랐던 일이고,
모든 게 다지마 씨 혼자만의 충성스러운 생각이었다는
사실을 알았습니다. 다지마 씨에겐 대단히 신세를
졌습니다. 지금의 당신 출세도, 다지마 씨 덕분이에요.
정말로 당신을 위해, 장사를 떠나서 힘껏 애쓰셨어요.
당신을 내다봤다는 거죠. 앞으로도 다지마 씨를 잊으면 안
돼요. 그때 저는 다지마 씨가 무모히 제안한 이야기를 듣고
조금 놀랐으면서도, 문득 당신을 만나 보고 싶어졌습니다.
어쩐지, 무척 기뻤어요. 저는 어느 날 몰래 아버지 회사에,
당신의 그림을 보러 갔습니다. 그때 일을, 당신한테
얘기했던가요? 저는 아버지에게 용건이 있는 척하고
응접실에 들어가, 혼자 골똘히 당신의 그림을 봤습니다.
그날은 아주 추웠죠. 온기 없는 널찍한 응접실 귀퉁이에
서서 덜덜 떨면서, 당신의 그림을 봤습니다. 자그마한 뜰,
햇볕 잘 드는 툇마루 그림이었습니다. 툇마루에는 아무도

앉아 있지 않고 하얀 방석만 하나, 놓여 있었습니다.
파랑과 노랑, 하얀색뿐인 그림이었습니다. 보고 있는
사이, 저는 더 심하게 서 있을 수 없을 정도로 떨려
왔습니다. 이 그림은 내가 아니면 이해할 수 없다고
생각했습니다. 진지하게 말씀드리는 거니까, 웃으시면
안 됩니다. 저는 그 그림을 보고 나서 이삼 일, 밤이나
낮이나, 몸이 떨려 어쩔 수 없었습니다. 어떻게 해서든
당신에게 시집을 가야겠다, 생각했습니다. 좀 경망스러워
몸에 불 붙은 듯 부끄러웠습니다만, 저는 어머니에게
부탁드렸습니다. 어머니는 몹시 불쾌한 표정을 지었습니다.
하지만 저는 그건 각오한 일이었으니까 단념하지 않고,
이번엔 직접 다지마 씨에게 대답을 드렸습니다. 다지마
씨는 큰 소리로, 훌륭해! 하며 일어서다가 의자에 걸려
비틀비틀 넘어졌는데, 그때는 저도 다지마 씨도 전혀 웃지
않았습니다. 그 후 일은 당신도 잘 아실 터입니다. 우리
집에선 당신의 평판이 날이 갈수록 더욱더 나빠지기만
했습니다. 당신이 세토나이카이[2]의 고향에서 부모님
승낙도 없이 도쿄로 뛰쳐나오는 바람에 양친은 물론
친척들 죄다 당신에게 정나미가 떨어졌다는 것, 술을
마시는 것, 전람회에 한 번도 출품하지 않은 것, 좌익으로

2   혼슈와 시코쿠, 규슈에 둘러싸인 내해.

보인다는 것, 미술 학교를 졸업했는지 어떤지 수상쩍다는
것, 그 밖에도 엄청, 어디서 조사해 왔는지 아버지도
어머니도 갖가지 사실을 제게 들려주며 나무랐습니다.
그렇지만 다지마 씨의 열성적인 중재로, 가까스로
맞선까지는 이르렀습니다. 센비키야[3]의 2층에, 저는
어머니와 같이 나갔습니다. 당신은 제가 생각하고 있던
분, 그대로였습니다. 와이셔츠 소맷부리가 깔끔한 데에,
감동했습니다. 제가 홍차 접시를 들어 올렸을 때 공연스레
몸이 떨려 접시 위에서 딸각딸각 스푼 소리가 나서, 굉장히
곤혹스러웠습니다. 집으로 돌아온 뒤, 어머니는 당신의
험담을 한층 세게 말했습니다. 당신이 담배를 피우기만 할
뿐, 어머니에게 제대로 말씀을 드리지 않은 게 무엇보다
틀렸던 것 같습니다. 인상이 나쁘다, 라는 말도 연신
했습니다. 장래성이 없다는 거예요. 하지만 저는 당신에게
가기로, 마음먹었습니다. 한 달 토라져 있다가, 마침내
제가 이겼습니다. 다지마 씨와도 의논해서, 저는 거의 몸
하나만으로 당신에게로 왔습니다. 요도바시의 아파트에서
지낸 이 년여만큼, 제게 즐거웠던 시절은 없습니다.
매일매일 내일의 계획으로 가슴이 벅찼습니다. 당신은
전람회에도, 대가라는 이름에도 아예 무관심했고, 자기

---

3   1834년에 문을 연 일본의 고급 과일 전문점.

멋대로 그림만 그렸습니다. 가난해지면 가난해질수록 저는
두근두근 설레고 묘하게 기쁘고, 전당포에도 고서점에도
머나먼 추억의 고향 같은 그리움을 느꼈습니다. 돈이
정말로 깡그리 없어졌을 때는 제 힘을 있는 한껏 시험해 볼
수 있어서 아주 보람이 있었습니다. 그게, 돈이 없을 때의
식사일수록 즐겁고 맛있거든요. 잇달아 제가 맛난 요리를
발명했잖아요? 지금은 안 돼요. 뭐든지 갖고 싶은 걸 살
수 있다고 생각하면, 아무런 공상도 솟아나지 않아요.
시장으로 나가 봐도 저는, 허무합니다. 다른 아주머니들이
사는 물건을, 저도 똑같이 사서 돌아올 뿐입니다.
당신이 갑자기 훌륭해져서 그 요도바시 아파트를 떠나,
이 미타카초의 집에서 살게 된 이후로는 즐거운 일이
하나도 없어지고 말았습니다. 제가 솜씨를 발휘할 곳이
없어졌습니다. 당신은 갑자기 말솜씨도 능숙해져서 저를
한층 아껴 주셨지만, 저는 자신이 어쩐지 집고양이처럼
여겨져, 언제나 곤혹스러웠습니다. 저는 당신을, 이
세상에서 입신하실 분이라고는 생각지 않았습니다. 죽을
때까지 가난하게 자기 좋을 대로 그림만 그리고, 세상 사람
모두에게 조소당하고, 그럼에도 태연스레 아무한테도
머리를 숙이지 않고 이따금 좋아하는 술을 마시고 평생,
속세에 더럽혀지지 않고 살아갈 분이라고만 생각했습니다.
저는 바보였던 걸까요? 그래도 한 사람쯤은 이 세상에 그런

아름다운 사람이 있겠지, 하고 저는 그때도 지금도 여전히 믿고 있습니다. 그 사람 이마의 월계관은 다른 누구에게도 보이지 않기 때문에 틀림없이 바보 취급을 당할 테고, 아무도 시집을 가서 돌봐 주려 하지 않을 테니까 내가 가서 평생 섬겨야겠다고 생각했습니다. 저는 당신이야말로, 그 천사라고 생각했습니다. 내가 아니고선 이해할 수 없다고 생각했습니다. 그런데, 그게, 어떠한지요! 갑자기 웬일로, 훌륭해지고 말았으니! 저는 어찌 된 셈인지, 부끄러워 견딜 수 없습니다.

저는 당신의 출세를 미워하는 게 아닙니다. 당신의 신기할 만치 슬픈 그림이 나날이 많은 사람들에게 사랑받고 있음을 알고, 저는 하느님에게 매일 밤 감사를 드렸습니다. 눈물이 날 정도로 기뻤습니다. 당신이 요도바시 아파트에서 이 년간, 마음 내키는 대로 좋아하는 아파트 뒤뜰을 그리거나 심야의 신주쿠 거리를 그려서, 돈이 완전히 없어졌을 즈음 다지마 씨가 와서 그림 두세 장과 교환하기에 충분한 돈을 놓고 갔습니다만, 그 무렵 당신은 다지마 씨가 그림을 가져가 버리는 게 더없이 쓸쓸한 기색이었고 돈 따위엔 도무지 무관심했습니다. 다지마 씨는 올 때마다 저를 살짝 복도로 불러내어, 잘 부탁합니다, 하고 으레 진지하게 말하며 고개 숙여 인사하고, 하얀 봉투를 제 기모노 허리띠 사이에 질러

넣어 주셨습니다. 당신은 언제나 모른 체했고 저 역시,
곧장 그 봉투 내용물을 확인하는 식의 저속한 짓은 하지
않았습니다. 없으면 없는 대로, 꾸려 가자고 생각했거든요.
얼마를 받았다는 둥, 당신에게 보고한 적도 없습니다.
당신을 더럽히고 싶지 않았어요. 정말이지 저는 단 한 번도
당신에게, 돈이 필요해요, 유명해지세요, 하고 부탁한
적이 없습니다. 당신처럼 말주변이 없고 난폭한 분은,
(죄송해요.) 부자도 못 되고 절대 유명해질 턱이 없다고 저는
생각했습니다. 그런데 그건, 겉치레였더군요. 왜요? 왜요?
　　다지마 씨가 개인전 의논 건으로 찾아왔을 때부터,
당신은 어쩐지 멋을 부리게 되었습니다. 먼저 치과에
다니기 시작했습니다. 당신은 충치가 많아서 웃으면 마치
할아버지처럼 보였는데, 그런데도 당신은 전혀 개의치
않고 제가 치과에 한번 가 보시라고 권해도, 괜찮아! 이가
다 빠지면 전체 틀니를 하면 돼. 금니를 번쩍거리다가
여자들이 꼬여도 곤란하거든. 이러면서 농담만 늘어놓고
도통 치아 손질을 하지 않더니 무슨 바람이 불었는지,
작업하는 짬짬이 이따금씩 밖으로 나가 한 개 두 개,
금니를 번쩍거리며 돌아오곤 했습니다. 어디, 웃어 봐요!
하고 제가 말하면, 당신은 수염 더부룩한 낯을 붉히며,
다지마 녀석이 자꾸 잔소리를 하니까, 하고 드물게도
심약한 말투로 변명했습니다. 개인전은 제가 요도바시로

오고 나서 이 년째 가을에, 열렸습니다. 저는 기뻤습니다. 당신의 그림이 한 사람이라도 더 많은 사람에게 사랑을 받는 건데, 어째서 기쁘지 않겠어요? 제겐 선견지명이 있었나 봐요. 하지만 신문에서도 그토록 극찬을 하고, 출품한 그림이 전부 팔렸다 하고, 유명한 대가한테서도 편지가 오고, 너무 지나치게 잘돼서, 저는 무시무시한 느낌이 들었습니다. 전시회장으로 보러 오라고 당신도 다지마 씨도 그렇게 힘껏 권했지만, 저는 온몸을 떨면서 방에서 뜨개질만 하고 있었습니다. 당신의 그 그림이 스무 장, 서른 장씩 죽 널려 있고 그걸 수많은 사람들이 바라보는 모습을 상상하기만 해도, 저는 울음이 터질 것 같습니다. 이렇게 좋은 일이, 이렇게 너무 빨리 와 버렸으니, 틀림없이 뭔가 나쁜 일이 일어날 거라는 생각마저 들었습니다. 저는 매일 밤, 하느님에게 용서를 빌었습니다. 부디 이제 행복은 이것만으로 충분하니까, 앞으로는 그 사람이 병에 걸리지 않도록, 나쁜 일이 일어나지 않도록 지켜 주세요, 하고 기도했습니다. 당신은 매일 밤, 다지마 씨에게 이끌려 여기저기 대가들을 찾아 인사를 다닙니다. 이튿날 아침에 귀가하기도 했는데, 저는 별로 대수롭지 않게 생각하는데도 당신은 아주 자세히 전날 밤 일을 제게 들려주며 아무개 선생은 어떻다느니 그 작자는 바보라느니, 말수가 적은 당신답지도 않게

어지간히 쓸데없는 수다를 시작합니다. 저는 그때까지
이 년 동안 당신과 살면서, 당신이 뒤에서 남의 험담을
늘어놓는 걸 들은 적이 한 번도 없었습니다. 아무개
선생이 어떻건 간에, 당신은 유아독존의 태도로 아예
무관심하지 않았던가요? 게다가 그런 수다를 떨어, 간밤엔
당신에게 무슨 뒤가 켕기는 구석이 없었다는 사실을 제게
납득시키려 애를 쓰시는 것 같지만, 그런 심약한 변명을
에둘러 하지 않더라도, 저 역시 설마, 지금까지 아무것도
모른 채 자라 온 것도 아니고 분명히 말씀해 주시는 편이,
하루쯤 괴로워도 그 뒤에 저는 오히려 편안해집니다.
결국은 평생, 마누라니까요. 저는 그런 쪽의 일로는 남자를
그다지 신용하지 않고, 또한 터무니없이 의심하지도
않습니다. 그런 쪽의 일이라면 저는 조금도 걱정하지 않고,
또한 웃으며 견딜 수도 있습니다만, 달리 좀 더 괴로운 일이
있습니다.

　　　우리는 갑작스레 부자가 되었습니다. 당신도 엄청
분주해졌습니다. 니카카이[4]의 초대를 받아 회원이
되었습니다. 그리고 당신은 아파트의 비좁은 방을
창피하게 여기기 시작했습니다. 다지마 씨도 끊임없이
이사를 권유하며, 이런 아파트에 살다가는 세상의 신용이

4　　二科會. 미술 단체. 1914년 이후, 해마다 가을에 전람회를 개최한다.

어떨까 염려스럽기도 하고, 우선 그림 값이 암만해도 오르지 않습니다, 한번 큰맘 먹고 커다란 집을 빌리세요, 하고 마뜩잖은 비책을 전수했습니다. 당신까지도, 그건 그래! 이런 아파트에 살면 남들이 무지 깔본다고! 이런 천박한 얘기를 의욕에 넘쳐서 하기에, 저는 어쩐지 섬뜩해졌고 무척 쓸쓸해졌습니다. 다지마 씨는 자전거를 타고 여기저기 바삐 돌아다니며, 이 미타카초의 집을 구해 주셨습니다. 연말에 우리는 아주 보잘것없는 세간을 들고, 이 엄청스레 커다란 집으로 이사를 왔습니다. 당신은 제가 모르는 사이 백화점에 가서 이것저것 멋진 세간을 정말로 많이 사들였고, 그 짐들이 연거푸 백화점에서 배달되어 오는 통에, 저는 가슴이 메면서 슬퍼졌습니다. 이래서는 전혀, 주변에 흔히 있는 보통 벼락부자와 조금도 다르지 않잖아요! 하지만 저는 당신을 생각해서 애써 기쁜 듯 신나게 떠들었습니다. 어느 틈엔가 저는, 그 내키지 않는 '사모님' 비슷한 꼴을 갖추고 말았습니다. 당신은 가정부를 두자는 말까지 꺼냈지만, 그것만은 제가 무슨 일이 있든 싫어서 반대했습니다. 저는 사람을, 부릴 수가 없습니다. 이사 오기 바쁘게, 당신은 연하장을 주소 변경 통지를 겸해서 300장이나 찍었습니다. 300장. 어느 틈에, 그렇게나 지인이 생겼나요? 저는 당신이 대단히 위험한 줄타기를 시작한 것 같은 느낌이 들어, 너무도 무서웠습니다. 이제 곧 틀림없이, 나쁜 일이 일어날 거야. 당신은 그런 저속한 교제 따위를 해서, 성공하실 분이 아니에요. 이런 생각에 저는 그저 조마조마해하며 불안한 하루하루를 보내고 있었습니다만, 당신은 비틀거리고 넘어지기는커녕 연거푸 좋은 일만 일어났습니다. 제가 틀린 걸까요? 제 어머니도 이따금 이 집을 찾아오게 되어 그때마다 제 옷가지며 저금통장을 가져다주시고, 아주 기분이 좋으세요. 아버지도 회사 응접실의 그림을 처음엔 싫어해서 회사 곳간에 치우게 했다는데, 이번엔 그걸 집으로 가져와 액자도 좋은 걸로 바꿔서 아버지 서재에 걸어 두었다고 합니다. 이케부쿠로의 큰언니도, 힘내서 잘하라고 편지를 주기도 했습니다. 손님도 굉장히 많아졌습니다. 응접실이 손님들로 가득할 때도 있었습니다. 그럴 때 당신의 쾌활한 웃음소리가 부엌까지 들려왔습니다. 당신은 정말로, 수다쟁이가 되었습니다. 예전에 당신은 하도 과묵했기에, 저는 아아, 이분은 이것도 저것도 다 알고 있으면서도 뭐든지 죄다 시시하니까 이렇듯 언제나 아무 말 않는 거야, 라며 굳게 믿고만 있었는데 그렇지도 않은가 봐요. 당신은 손님 앞에서, 아주 시시한 이야기를 하십니다. 전날 손님한테서 들었을 뿐인 그림 이론을, 고스란히 자신의 의견인 양 점잔을 빼고 늘어놓거나, 또 제가 소설을 읽고 느낀 걸 당신에게 조금 이야기하면 당신은 그 이튿날 시치미를 떼고 손님에게, 모파상도 역시 신앙을 두려워했지요, 어쩌고 저의 미흡한 소견을 그대로 들려주고 있으니, 저는 차를 들고 응접실로 들어가려다 말고 너무나 부끄러워 그 자리에 선 채 꼼짝 못 한 적도 있었습니다. 당신은 예전엔 아무것도 몰랐지요? 죄송해요. 저 역시 아무것도 아는 게 없지만 자신의 말만은 갖고 있을 작정인데, 당신은 완전 과묵하거나, 아니면 남이 말한 것만을 흉내 내고 있을 뿐이잖아요. 그런데도, 당신은 신기하게 성공하셨습니다. 그해 니카카이 그림은 신문사로부터 상까지 받고, 그 신문에는 어쩐지 쑥스러워 말하기 힘든 최상급 찬사가 죽 열거되어 있었습니다. 고고함, 청빈, 사색, 우수(憂愁), 기도, 샤반,[5] 그 밖에 여러 가지 있었습니다. 당신은 나중에 손님들과 그 신문 기사에 대해 말하기를, 비교적 들어맞는 것 같더군, 하고 태연스레 이야기했습니다만, 대체 어쩌자고 그런 말씀을! 우리는 청빈하지 않습니다. 저금통장을 보여 드릴까요? 당신은 이 집으로 이사 온 뒤로는 마치 딴사람이 된 듯, 돈 이야기를 입에 올리게 되었습니다. 손님에게 그림 부탁을 받으면 당신은 반드시

---

5   퓌비 드 샤반(Puvis de Chavannes, 1824~1898). 프레스코식 채색 벽화를 주로 그린 19세기 프랑스 화가.

가격에 대한 이야기를 주눅 들지도 않고 꺼냅니다. 분명히
해 두는 편이 나중에 분쟁이 일어나지 않고 서로 기분이
좋으니까요, 어쩌고 당신은 손님에게 이야기하지만, 저는
그걸 언뜻 듣고서 역시나 언짢은 느낌이 들었습니다.
어째서 그토록, 돈에 구애되는지요! 좋은 그림만 그리다
보면, 생활은 저절로 어떻게든 꾸려지는 법이라고 저는
생각합니다. 좋은 일을 하고, 그리고 아무도 모르는 채로
가난하게, 소박하게 살아가는 것만큼 즐거운 건 없습니다.
저는 돈이고 뭐고 원하지 않습니다. 마음속에 멀고도 큰
프라이드를 지니고, 살그머니 살고 싶다고 생각합니다.
당신은 저의 지갑 속까지 들여다보게 되었습니다. 돈이
들어오면 당신은 당신의 큼직한 지갑, 그리고 저의
자그마한 지갑에 돈을 나누어 넣으십니다. 당신의
지갑에는 큰 지폐를 다섯 장 남짓, 제 지갑에는 큰 지폐 한
장을 네 번 접어 넣으십니다. 나머지 돈은 우체국과 은행에
맡기십니다. 저는 언제나 그걸, 그저 옆에서 바라보고
있습니다. 언젠가 제가 저금통장이 들어 있는 책장 서랍을
열쇠로 잠그는 걸 깜빡했더니, 당신은 그걸 발견하고,
큰일이네! 라며 진심으로 언짢은 듯 제게 꾸지람을 하기에,
저는 그만 맥이 빠졌습니다. 화랑으로 돈을 받으러 가면
사흘 뒤쯤에 돌아오시는데, 그럴 때도 한밤중에 취해서
덜커덩 현관문을 열고 들어오자마자, 이봐! 300엔 남겨

왔어! 확인해 보라고! 이런 슬픈 말씀을 하십니다. 당신
돈인걸요, 얼마를 쓰시건 상관없지 않아요? 가끔은
기분 전환 삼아, 왕창 돈을 쓰고 싶을 때도 있으려니
생각합니다. 깡그리 써 버리면, 제가 실망이라도 할 거라
생각하시나요? 저도 돈의 고마움을 알고 있습니다만,
그렇다고 그것만 생각하며 살고 있는 건 아니에요.
300엔만 남기고, 그래서 의기양양한 얼굴로 귀가하는
당신의 기분이, 저는 쓸쓸하기 그지없습니다. 저는 조금도
돈을 갖고 싶다고 생각지 않습니다. 무얼 사고 싶다,
무얼 먹고 싶다, 무얼 보고 싶다고도 생각지 않습니다.
가재도구도 대개 폐품을 이용하면 아쉬운 대로 쓸 만하고,
기모노도 다시 염색하고 다시 꿰매 입으니까 한 벌도 사지
않아도 됩니다. 어떻게든지, 저는 꾸려 나갑니다. 수건걸이
하나도, 저는 새로 사는 건 싫습니다. 낭비인걸요. 당신은
가끔 저를 시내로 데리고 나가 비싼 중국요리를 대접해
주셨지만, 저는 전혀 맛있다고 여기지 않았습니다.
어쩐지 차분해지지 않고 흠칫흠칫 떨리는 기분으로,
정말이지 아깝고 낭비라고 생각했습니다. 300엔보다도
중국요리보다도, 제겐 당신이 이 집 뜰에 수세미외 시렁을
만들어 주는 편이 얼마나 더 기쁜지 모릅니다. 너른 방
툇마루에는 그토록 석양이 강하게 비쳐 드니까, 수세미외
시렁을 만들면 딱 알맞을 거라 생각합니다. 당신은 제가

그만큼 부탁드려도, 정원사를 부르면 되잖아. 이렇게
말씀하시고 손수 만들어 주지는 않습니다. 정원사를
부르다니, 그런 부자 흉내는, 저는 싫습니다. 당신이
만들어 주면 좋겠는데 당신은, 알았어, 알았어, 내년에.
이런 말씀뿐이고 결국 오늘까지 만들어 주지 않았습니다.
당신은 자신의 일로는 엄청 낭비를 하면서도, 남의 일에는
언제나 모른 체하십니다. 언제였던가요, 친구 아마미야
씨가 부인의 병환으로 어려움을 겪고 의논하러 오셨을 때,
당신은 일부러 저를 응접실로 부르시고, 집에 지금 돈이
있나? 하고 진지한 낯으로 물어보기에, 저는 우습기도
하고 어처구니없기도 해서 곤혹스러웠습니다. 제가 얼굴을
붉히며 머뭇거리자, 무얼 감추나? 그 언저리를 긁어모으면
20엔쯤은 나올 테지? 하고 제게 놀리듯 말씀하시기에,
저는 깜짝 놀라고 말았습니다. 겨우 20엔. 저는 당신의
얼굴을 다시 봤습니다. 당신은 제 시선을 한 손으로 털어
내다시피 하며, 그러지 말고 나한테 빌려줘, 쩨쩨하게
굴지 말라고! 하시고는 아마미야 씨 쪽을 향해, 피차간
이럴 땐 가난뱅이는 괴롭군, 하고 웃으며 말했습니다.
저는 기가 막혀서, 아무 말도 하고 싶지 않았습니다.
당신은 청빈한 것도 아무것도, 아니에요. 우수 따위, 지금
당신의 어디에, 그런 아름다운 그림자가 있나요? 당신은
그 반대인, 제멋대로 구는 낙천가입니다. 매일 아침

화장실에서 '오이토코소다요,'[6] 어쩌고 큰 소리로 노래를
부르시잖아요? 저는 이웃에 창피해서 견딜 수 없어요.
기도, 샤반. 과분하다고 생각합니다. 고고하다니, 당신은
주위에 추종하는 분들의 알랑거림 속에서만 살고 있다는
걸 깨닫지 못하시나요? 당신은 집으로 오시는 손님들에게
선생님이라 불리며, 이 사람 저 사람의 그림을 닥치는 대로
찍소리 못하게 만들고, 자못 자신과 똑같은 길을 걷는
이가 아무도 없다는 식으로 말씀하시지만, 만약 정말로
그리 생각한다면 그렇게 마구 남의 험담을 늘어놓으며
손님들의 동의를 얻는 것 따윈, 필요 없다고 생각합니다.
당신은 손님들로부터, 그때뿐인 찬성이라도 얻고 싶은
거지요. 어디에 고고함이 있나요? 그렇게 오는 사람,
오는 사람에게 감복시킬 것까진 없지 않겠어요? 당신은
아주 거짓말쟁이입니다. 지난해 니카카이에서 탈퇴하고
신(新)낭만파인가 단체를 만드실 때도, 저는 혼자 얼마나
참담한 심정이었는지요! 글쎄, 당신은 뒤에서 그토록
비웃고 무시하던 분들만 모아, 그 단체를 만드신 거잖아요.
당신에겐 도무지 정견이 없습니다. 이 세상은 역시,
당신처럼 살아가는 게 옳은 걸까요? 가사이 씨가 오셨을
때는 둘이서 아마미야 씨 험담을 하며 분개하고 조소하고,

6   미야기현 센다이 지방의 민요.

아마미야 씨가 오셨을 때는 아마미야 씨에게 아주 친절히
대하며 역시 친구는 자네뿐이야, 하고 도저히 거짓말이라
여겨지지 않을 만치 감격적으로 말씀하십니다. 그리고
이번엔 가사이 씨의 태도에 대한 비난을 시작하십니다.
세상의 성공한 사람이란, 다들 당신처럼 그런 식으로
살고 있는 걸까요? 용케도 그렇게, 삐끗 넘어지지도 않은
채 잘 살아가는구나 싶어, 저는 어쩐지 두렵기도 하고
신기하다는 생각이 듭니다. 틀림없이 나쁜 일이 일어날
거야. 일어나면 좋겠어. 당신을 위해서도, 신의 실증을
위해서도, 뭔가 한 가지 나쁜 일이 일어나기를, 제 가슴
어딘가에서 기도할 정도가 되고 말았습니다. 그렇지만
나쁜 일은 일어나지 않았습니다. 하나도 일어나지
않아요. 변함없이, 좋은 일만 계속됩니다. 당신이 만든
단체의 첫 번째 전람회는 평판이 대단한 것 같았습니다.
당신의 국화꽃 그림은, 마침내 심경이 맑아지고 고결한
애정이 그윽하니 풍긴다나요. 손님들한테 소문을 전해
들었습니다. 어째서 그렇게 되는 걸까요? 신기하기 이를 데
없습니다. 올해 설날에 당신은, 당신 그림의 가장 열성적인
지지자라는 그 유명한 오카이 선생님 댁으로 새해
인사하러 처음 저를 데리고 갔습니다. 선생님은 그토록
유명한 대가인데도, 그럼에도 우리 집보다 더 작아 보이는
집에 살고 계셨습니다. 이런 게, 진짜라고 생각합니다.

뚱뚱하게 살이 찌셔서 지레로도 꿈쩍하지 않을 것 같은
느낌에, 책상다리를 하고서 안경 너머로 힐끗 저를 보는
그 커다란 눈도, 정말이지 고고한 분의 눈이었습니다.
저는 당신의 그림을 아버지 회사의 추운 응접실에서 처음
봤을 때와 마찬가지로, 잔잔하게, 몸이 떨려 어쩔 수
없었습니다. 선생님은 참으로 단순한 것만, 전혀 구애되지
않고 말씀하십니다. 저를 보고, 오호! 멋진 사모님인걸.
무사 집안에서 자라셨나? 하고 농담을 하셨는데, 당신은
진지하게, 예! 이 사람 어머니가 사족(士族)이신데,
어쩌고 꽤나 자랑스러운 듯 말하는 통에, 저는 식은땀을
흘렸습니다. 제 어머니가, 어째서 사족이냐고요! 아버지도
어머니도, 본디부터 평민이십니다. 머잖아 당신은
사람들이 치켜세우면, 이 사람 어머니는 화족(華族)이신데,
어쩌고 말씀을 하게 되는 건 아니에요? 어쩐지 무시무시한
일입니다. 선생님 정도 되는 분께서도 당신의 전부인
속임수를 꿰뚫어 보지 못하다니, 신기합니다. 세상은
모두, 그런 건가요? 선생님은 당신의 요즘 작업을,
오죽 괴롭겠는가! 하며 연신 위로해 주셨습니다만,
저는 당신의 매일 아침 '오이토코소다요'라는 노래를
부르시는 모습을 떠올리고, 뭐가 뭔지 알 수 없게 되면서
자꾸만 우스워, 웃음이 터질 뻔했습니다. 선생님 댁에서
나와 100미터를 채 걷기도 전에 당신은 자갈을 발로

차며, 쳇! 여자한텐 물러 터져 가지고! 하시기에, 저는
깜짝 놀랐습니다. 당신은 비열합니다. 방금 전까지 그
훌륭하신 선생님 앞에서 굽실굽실한 주제에, 금세 그런
험담을 늘어놓다니, 당신은 미치광이입니다. 그때부터
저는, 당신과 헤어지려고 생각했습니다. 더 이상 참을
수가 없습니다. 당신은 확실히, 틀렸습니다. 불행한 일이
일어났으면 좋겠다, 라고 생각합니다. 하지만 역시나,
나쁜 일은 일어나지 않았습니다. 당신은 다지마 씨의 옛
은혜조차 잊은 낌새이고, 바보 다지마가 또 찾아왔군!
이런 말을 친구에게 해서 다지마 씨도 그걸 어느 틈엔가
알아채신 듯 스스로, 바보 다지마가 또 왔습니다! 하고
웃으면서 천연덕스레 부엌문으로 들어오십니다. 이제
당신들의 일을, 저는 도통 모르겠어요. 인간의 자긍심이
대체, 어디로 갔나요? 헤어지겠습니다. 당신들 모두
한통속이 되어, 저를 놀리시는 듯한 느낌마저 듭니다.
일전에 당신은 신낭만파의 시대적 의의인가에 대해,
라디오 방송을 하셨습니다. 제가 거실에서 석간을 읽고
있는데 뜻밖에 당신의 이름이 방송을 타고, 이어서 당신의
목소리가! 제겐 타인의 목소리인 듯한 느낌이 들었습니다.
어찌나 불결하고 탁한 목소리이던지! 불쾌한 사람이라고
생각했습니다. 똑똑히, 당신이라는 남자를, 멀리서
비판할 수 있었습니다. 당신은 보통 사람입니다. 앞으로도

무척이나 곧잘, 출세를 하실 테지요. 시시해! "저의, 오늘이 있음은."이라는 말을 듣고, 저는 스위치를 껐습니다. 대체, 뭐라도 된 줄 아시나 봐요? 부끄러운 줄 아세요! "오늘이 있음은." 따위 무섭고 무지한 표현은, 두 번 다시, 말씀하지 마세요. 아아, 당신은 빨리 넘어졌으면 좋겠어. 저는 그날 밤, 일찍 잠자리에 들었습니다. 전깃불을 끄고 혼자 똑바로 누워 있자니, 등줄기 아래서 귀뚜라미가 열심히 울고 있었습니다. 마루 밑에서 울고 있는 거지만, 그게 마침 제 등줄기 바로 아래쯤에서 울고 있는 탓에 어쩐지 제 등뼈 안에서 작은 여치가 울고 있는 듯한 느낌이었습니다. 이 자그마한, 희미한 소리를 평생 잊지 않고, 등뼈에 품고 살아가자고 생각했습니다. 이 세상에선 분명 당신이 옳고, 저야말로 틀렸을 거라는 생각도 합니다만, 저는 어디가 어떻게 틀렸는지, 암만해도 모르겠습니다.

만원

1938년 발표. 「만원」은 자살 기도와 집필 중단 등 힘겨운 터널 같은 시간을 지나 다시 창작에 전념하던 무렵 발표한 소설이다. 마침내 길었던 금지령이 해제되고, 그 기쁨은 빙글빙글 돌아가는 여자의 파라솔 위에 가득하다. 의사가 명했던 금기에서 해방되어 자유를 찾은 모습에서 미래에 대한 희망이 엿보인다.

만원(滿願)[1]

---

1   기한을 정해 신불에게 기원하고 그 기한이 차는 것, 또는 소원이
    이루어지는 것을 뜻한다.

지금부터 사 년 전 이야기다. 내가 이즈 미시마에
있는 지인의 집 2층에서 여름 한 철을 지내며,
「로마네스크」라는 소설을 쓰고 있던 무렵의 이야기다.
어느 날 밤, 취한 채 자전거를 타고 동네를 달리다가,
다쳤다. 오른발 복사뼈 위쪽이 찢어졌다. 상처는 깊지
않았으나 그래도 술을 마신 탓에 출혈이 상당하여
허둥지둥 의사에게 급히 달려갔다. 동네 의사는 서른두
살, 덩치가 크고 뚱뚱해, 사이고 다카모리[2]를 닮았다.
거나하게 취해 있었다. 나와 마찬가지로 비칠비칠 취해
진찰실에 나타난 터라, 우스웠다. 치료를 받으며 나는
키득키득 웃고 말았다. 그러자 의사도 키득키득 웃기
시작해, 마침내 더 이상 참지 못하고 둘이서 소리를 맞춰

---

2   西鄕隆盛(1827~1877). 메이지 유신의 지도자 가운데 한 사람.

한바탕 웃었다.

　　그날 밤부터 우리는 친해졌다. 의사는 문학보다
철학을 즐겼다. 나도 그쪽으로 이야기하는 게
마음 편하고 대화가 무르익었다. 의사의 세계관은
원시이원론(原始二元論)이라 할 만한데, 세상의 모든 형편을
선한 사람과 악한 사람의 전투라 보았고, 꽤 시원시원했다.
나는 사랑이라는 유일신을 믿으려 내심 애쓰고 있었지만,
그럼에도 의사의 선한 사람 악한 사람 설을 들으니 울적한
가슴속이 트이는 상쾌함을 느꼈다. 예를 들면 이른
저녁 나의 방문을 환대하기 위해 곧장 부인에게 맥주를
명하는 의사 자신은 선한 사람이고, 오늘 저녁엔 맥주
말고 브리지(트럼프 유희의 일종) 게임 할까요? 라고 웃으며
제의하는 부인이야말로 악한 사람이다, 라는 의사의
예증에는 나도 순순히 찬성했다. 부인은 몸집이 자그맣고
얼굴은 동그스름하나 밋밋한 편이었지만, 살결이 희고
품위 있었다. 아이는 없었는데, 부인 남동생으로 누마즈의
상업 학교에 다니는 얌전한 소년이 한 명, 2층에 있었다.

　　의사 집에서는 다섯 종류의 신문을 구독하고
있었으므로, 나는 그걸 읽으러 거의 매일 아침, 산책
도중에 들러 삼십 분이나 한 시간가량 머물렀다. 뒷문으로
돌아 객실 툇마루에 걸터앉아 부인이 가져다준 시원한
보리차를 마시면서, 바람에 날려 팔락팔락 소리 나는

신문을 한 손으로 단단히 누른 채 읽는다. 툇마루에서
4미터도 떨어지지 않은 푸른 풀밭 사이를 수량 풍부한
개울이 한가로이 흐르고, 그 개울을 따라 좁다란 길을
자전거로 지나가는 우유 배달 청년이 매일 아침이면 으레,
안녕하세요! 하고 나그네인 내게 인사했다. 그 시각에
약을 타러 오는 젊은 여자가 있었다. 간편한 여름 원피스
차림에 게다[3]를 신은, 청결한 느낌의 사람이었다. 의사와
자주 진찰실에서 서로 웃었고, 이따금 의사가 현관까지 그
사람을 배웅하며,

"사모님, 조금만 더 참으셔야 해요!" 큰 소리로
나무라기도 한다.

의사 부인이 한번은 내게, 그 까닭을 들려주었다.
초등학교 선생님의 사모님으로, 선생님은 삼 년 전 폐를
앓았는데 요즘 부쩍부쩍 좋아졌다. 의사는 열성을 쏟아
그 젊은 사모님에게, 지금이 중요한 고비, 라며 단단히
금지시켰다. 사모님은 당부를 지켰다. 그럼에도 가끔,
어쩐지 측은하게 물어본다. 의사는 그때마다 냉혹하게
마음먹고, 사모님, 조금만 더 참으셔야 해요! 언외에
의미를 담아 나무란다는 것이다.

8월의 끝, 나는 아름다운 걸 보았다. 아침에 의사 집

---

3   일본 사람들이 신는 나막신.

툇마루에서 신문을 읽고 있자니, 내 옆에 비스듬히 앉아 있던 부인이,

"아아, 기쁜가 봐요!" 나직이 살짝 속삭였다.

문득 얼굴을 들자 바로 눈앞의 샛길을, 원피스를 입은 청결한 모습이 살랑살랑 뛰다시피 걸어갔다. 하얀 파라솔을 빙글빙글 돌렸다.

"오늘 아침, 허락이 났거든요." 부인은 다시, 속삭인다.

삼 년, 이라고 쉽게 말하지만, 가슴이 벅찼다. 세월이 갈수록, 나는 그 여성의 모습이 아름답게 여겨진다. 그건 의사 부인이 뒤에서 조종했을지도 모른다.

아, 가을

1939년 발표. "여름은 샹들리에. 가을은 등롱." 소리 내어 읽어 보면 더욱 좋은 시 한 구절이다. 봄, 여름, 겨울이 함께 들어 있을, 시인 다자이의 그 비밀스러운 노트가 몹시 궁금해진다.

◇◇◇

아, 가을

◇◇◇

　본업이 시인이고 보면, 언제 어떤 주문이 있을지 알 수 없으니 항상 시재(詩材) 준비를 해 둔다.

　'가을에 대해'라는 주문이 오면, 좋았어! 하고 '아' 서랍을 열어 사랑, 파랑, 빨강, 가을,[1] 여러 노트들 가운데 가을 노트를 골라, 차분히 그 노트를 뒤적인다.

　잠자리, 투명하다. 이렇게 쓰여 있다.

　가을이 되면 하루살이도 가냘프고, 육체는 죽어 정신만 하늘하늘 날고 있는 모습을 가리키는 말인 듯하다. 하루살이 몸이, 가을 햇살에 투명하게 비친다.

　가을은 여름이 불타고 남은 것. 이렇게 쓰여 있다. 검게 타 버린 땅.

　여름은 샹들리에, 가을은 등롱. 이렇게 쓰여 있다.

　코스모스, 무참하다. 이렇게 쓰여 있다.

1　사랑, 파랑, 빨강, 가을은 각각 일본말로 아이, 아오, 아카, 아키.

언젠가 교외의 국수 가게에서 메밀국수를 기다리는
동안 식탁 위 낡은 잡지를 펼쳐 보니, 그 안에 대지진
사진이 있었다. 일면에 불타 버린 들판, 흑백 바둑판무늬
유카타를 입은 여자가 홀로, 지친 듯 웅크리고 앉아
있었다. 나는 가슴이 다 타 버릴 만치 그 비참한 여자를
사랑했다. 무서운 정욕마저 느꼈습니다. 비참과 정욕은
등을 맞대고 있는 듯하다. 숨이 멎을 만치 괴로웠다.
메마른 들판의 코스모스를 어쩌다 마주치면, 나는 그와
똑같은 고통을 느낍니다. 가을 나팔꽃도, 코스모스와
마찬가지로 저를 순간 질식시킵니다.

가을은 여름과 동시에 찾아온다. 이렇게 쓰여 있다.

여름 안에 가을이 살며시 숨어, 이미 와 있지만,
사람들은 폭염에 속아 그걸 간파하지 못한다. 귀 기울여
조심스레 들으면 여름이 되는 동시에 이미 벌레가 울고,
뜰을 유심히 보노라면 도라지꽃도 여름이 되자마자 피어
있는 걸 발견한다. 하루살이 또한 원래 여름 곤충이고,
감도 여름 동안 단단히 열매를 맺는다.

가을은 교활한 악마다. 여름 사이에 전부, 몸차림을
가다듬은 채 코웃음 치며 웅크리고 있다. 나만큼 형안의
시인이 되면, 그걸 꿰뚫어 볼 수 있다. 집사람이 여름을
반기며 바다로 갈까, 산으로 갈까, 신이 나서 떠드는 걸
보면 측은하게 여겨진다. 이미 가을이 여름과 함께 몰래

숨어들어 와 있는데! 가을은 끈질기고 수상한 녀석이다.

과감, 안마, 여보세요.

손짓한다, 참억새. 그 뒤쪽엔 분명 묘지가 있습니다.

길 물으니, 여자 대답 없네, 메마른 들판.

의미를 알 수 없는 것들이, 여러 가지 쓰여 있다. 무슨
메모인 것 같은데, 나 자신도 이걸 쓴 계기를 잘 모르겠다.

창밖, 풀의 검은 땅을 버스럭버스럭 기어 돌아다니는 못생긴 가을
나비를 본다. 유별나게 억센 까닭에 죽지 않고 살아남은, 결코 덧없는
모양새는 아니다. 이렇게 쓰여 있다.

이걸 써 넣었을 때 나는 굉장히 괴로웠다. 언제 써
넣었는지, 나는 절대 잊지 못하리. 하지만 지금은 말하지
않으련다.

버림받은 바다. 이렇게 쓰여 있다.

가을 해수욕장에 가 본 적이 있나요? 바닷가에 그림
무늬 양산이 찢어진 채 밀려오고, 환락의 흔적, 일장기
초롱도 버려지고, 장식 비녀, 휴지, 레코드 파편, 빈
우유병, 바다는 불그스름하니 탁해져 철썩철썩 물결치고
있었다.

오가타 씨에겐 아이가 있지요?

가을이 되니, 피부가 건조해져 그렇네요.

비행기는 가을이 제일 좋거든요!

이것도 어쩐지 의미를 잘 알 수 없지만, 가을 대화를

몰래 엿듣고, 그대로 적어 둔 모양이다.

또 이런 것도 있다.

메술가는 언제나 부자의 벗이었거늘.

전혀 가을과 상관없는 이런 말까지 쓰여 있는데,
어쩌면 이것도 '계절의 사상'이라 할 만한 건지도 모른다.

그 밖에,

농가, 그림책, 가을과 군대, 가을누에, 화재, 연기, 절(寺),

어수선하니 잔뜩 쓰여 있다.

기다리다

1942년 발표. 한 여성이 전차 역에서 누군가를, 무언가를
하염없이 기다린다. 매일 매 순간 삶이 절박하고 위태로울
때일수록, 기다림은 더욱 간절하고 초조해진다. 기다린다는
즐거운 설렘과 불안한 긴장감이 팽팽하다.

◇◇◇◇◇◇◇◇◇◇◇◇◇◇◇◇◇◇◇◇◇◇◇◇◇◇◇◇◇◇◇◇◇◇◇◇◇◇

기다리다

◇◇◇◇◇◇◇◇◇◇◇◇◇◇◇◇◇◇◇◇◇◇◇◇◇◇◇◇◇◇◇◇◇◇◇◇◇◇

그 자그마한 전차 역에, 나는 매일 사람을 마중하러 나갑니다. 누구인지도 알 수 없는 사람을 마중하러.

시장에서 장을 보고 돌아오는 길이면 어김없이 역에 들러 차가운 벤치에 앉아, 장바구니를 무릎에 얹은 채 멍하니 개찰구를 봅니다. 상행 하행선 전차가 홈에 도착할 때마다 많은 사람들이 전차 문 밖으로 토해져 나와 우르르 개찰구로 다가와서, 한결같이 화난 듯한 표정으로 정기권을 내밀거나 전차표를 건넵니다. 그러고는 허둥지둥 한눈도 팔지 않고 걸어, 내가 앉아 있는 벤치 앞을 지나 역 앞 광장으로 나가서, 각자의 방향으로 흩어져 갑니다. 나는 멍하니 앉아 있습니다. 누군가 한 사람, 웃으며 내게 말을 걸니다. 아아, 무서워! 어머, 어떡해! 가슴이 두근두근! 생각만 해도 등짝에 찬물이 끼얹어진 듯 오싹하고 숨이 멎을 것 같아요. 하지만 나는,

역시 누군가를 기다리고 있습니다. 대체 나는, 매일 여기에 앉아 누구를 기다리는 걸까요? 어떤 사람을? 아니에요, 내가 기다리는 건, 인간이 아닐지도 몰라요. 나는 인간을 싫어해요. 아니에요, 무서워요. 사람과 얼굴을 마주하고, 별일 없으세요? 추워졌네요! 어쩌고 내키지 않는 인사를 건성으로 하노라면, 어쩐지 나만 한 거짓말쟁이가 전 세계에 없을 것 같은 괴로운 심정에 죽고 싶어집니다. 그러면 또 상대방도 무턱대고 나를 경계하여, 해도 안 해도 그만인 입에 발린 말이며 거드름 피우는 거짓 감상 따위를 늘어놓습니다. 나는 그걸 듣고 상대방의 쩨쩨한 조심성이 슬퍼서, 한층 세상이 싫고 싫어져 참을 수가 없습니다. 세상 사람들이란, 서로 뻣뻣한 인사를 하고 조심하고 그러다 서로 피곤하게 평생을 보내는 걸까요? 나는 사람을 만나는 게 싫습니다. 그래서 나는 어지간한 일이 아니고선 내가 먼저 친구에게 놀러 가거나 하지는 않았습니다. 집에서 엄마와 단둘이 잠자코 바느질을 하고 있으면, 가장 마음이 편안했습니다. 하지만 마침내 큰 전쟁이 시작되어 주위가 몹시 긴장되면서부터는, 나만 집에 매일 멍하니 있는 게 굉장히 나쁜 일인 것 같은 느낌이 들어 어쩐지 불안하고 도통 차분해지지 않습니다. 몸이 부서지도록 일해서 직접, 도움이 되었으면 하는 심정입니다. 나는 지금까지의 내 생활에, 자신감을 잃어버렸습니다.

집에 가만히 앉아 있을 수 없는 마음이긴 하나, 밖으로 나가 본들 내겐 갈 곳이 아무 데도 없습니다. 장을 보고 돌아오는 길에, 역에 들러 멍하니 차가운 역 벤치에 앉아 있습니다. 누군가 불쑥 나타난다면! 하는 기대감, 그리고 아아, 나타나면 곤란해, 어떡해! 라는 공포, 그래도 나타났을 때는 어쩔 수 없어, 그 사람에게 내 목숨을 드려야지, 내 운이 그때 정해져 버리는 거야, 같은 체념 비슷한 각오. 그 밖에 온갖 괘씸한 공상 따위가 야릇하게 뒤엉키고, 가슴이 벅차올라 질식할 만큼 괴로워집니다. 살아 있는지 죽었는지 알 수 없는 듯한, 백일몽을 꾸고 있는 듯한, 어쩐지 미덥지 않은 기분이 되어, 눈앞 사람들이 왕래하는 모습도 망원경을 거꾸로 들여다본 것처럼 자그맣게 아득히 여겨지고, 세계가 잠잠해져 버립니다. 아아, 나는 대체, 무얼 기다리는 걸까요? 어쩌면 난 엄청 헤픈 여자인지도 몰라요. 큰 전쟁이 시작되고 어쩐지 불안해서 몸이 부서지도록 일해 도움이 되고 싶다는 건 거짓말이고, 사실은 그런 멋들어진 핑계를 꾸며 자신의 경망스러운 공상을 실현하려고, 뭐랄까, 좋은 기회를 노리고 있는 건지도 몰라요. 여기, 이렇게 앉아, 멍한 표정을 짓고 있지만, 가슴속에는 발칙한 계획이 훌훌 타오르고 있는 듯한 느낌도 들어요.

도대체 난, 누굴 기다리는 걸까? 확실한 형태는

아무것도 없어. 그저, 몽롱할 뿐. 하지만 나는 기다려요. 큰 전쟁이 시작된 후로 매일매일, 장을 보고 돌아가는 길에 역에 들러 이 차가운 벤치에 앉아, 기다려요. 누군가 한 사람, 웃으며 내게 말을 걸어요. 아아, 무서워! 어머, 어떡해! 내가 기다리는 건, 당신이 아니에요. 그렇다면 도대체, 난 누굴 기다리는 걸까? 바깥양반. 아뇨. 애인. 아니에요. 친구? 싫어요. 돈? 설마! 망령. 어머, 싫어요!

　　좀 더 부드럽고 아주 환한, 기막히게 좋은 것. 뭔지, 알 수 없어요. 이를테면 봄 같은 것. 아니, 틀렸어요. 신록. 5월. 보리밭을 흐르는 맑은 물. 역시, 틀렸어요. 아아, 그렇지만 나는 기다립니다. 가슴 두근거리며 기다려요. 눈앞을, 사람들이 줄줄이 지나간다. 저이도 아냐, 이이도 아냐. 나는 장바구니를 그러안은 채 바들바들 떨면서 간절히, 간절히 기다려요. 나를 잊지 말아 주세요. 매일매일, 역으로 마중 나갔다가 헛되이 집으로 돌아오는 스무 살 아가씨를 비웃지 말고, 부디 기억해 주세요. 그 자그마한 역 이름은, 일부러 말하지 않을래요. 알려 주지 않아도, 당신은 언젠가 나를 보겠지요.

포스포렛센스

1947년 발표 후 다자이 수상집에 처음 수록되기도 했다.
꿈은 현실보다 더 현실성을 띤다. 그럴 때가 있다. 현실과 환상을 오가는
또 다른 현실 세계가 그려진다.
'phosphorescence'는 인광, 푸른빛이라는 뜻.

"어머, 예뻐라! 넌 이대로, 왕자님한테 시집가도 되겠네!"

"아니, 엄마. 그건 꿈이야!"

이 두 사람의 대화에서 대체 어느 쪽이 몽상가이고, 어느 쪽이 현실주의자일까?

어머니의 말투를 봐선 거의 몽상가나 다름없는 수준이고, 딸은 그 몽상을 깨뜨리는 이른바 현실주의자 같은 얘길 하고 있다.

하지만 어머니는 실제론 그 꿈의 가능성을 추호도 믿지 않는 까닭에 그런 몽상을 쉽사리 말할 수 있는 것이고, 오히려 그걸 허둥지둥 부정하는 딸 쪽이, 어쩌면, 하는 기대를 가지고 그렇게 허둥지둥 부정하는 것이려니 싶다.

세상의 현실주의자, 몽상가의 구별도 이처럼 착잡하게

얽혀 있는 것 같다고, 요즘 내겐 자꾸만 그런 생각이 든다.

나는 이 세상에 살고 있다. 그러나 그건 나의 극히 일부분밖에 되지 않는다. 마찬가지로 당신도, 또한 저 사람도, 그 대부분을 다른 사람이 전혀 알지 못하는 곳에서 살고 있을 게 틀림없다.

내 경우만 예를 들어 말하자면, 나는 이 사회와 완전히 격리된 딴 세계에서 사는 몇 시간을 갖는다. 그건 내가 잠들어 있는 사이, 몇 시간이다. 나는 이 지구 어디에도 결코 없는 아름다운 풍경을, 분명히 이 눈으로 보고 더구나 아직 잊지 않고 기억한다.

나는 나의 이 육체로써 그 풍경 속에 노닐었다. 기억이란 그게 현실이건 또 잠든 사이 꿈이건, 그 선명함에 차이가 없다면, 내겐 똑같은 현실이 아닐까?

나는 수면 속 꿈에서, 어떤 친구의 더없이 아름다운 말을 들었다. 또한 그에 응답하는 나의 말도, 더없이 자연스러운 유로(流露)라는 느낌이었다.

또한 나는 잠 속 꿈에서, 깊이 사모하는 여인으로부터, 사실은요, 라고 말하는 그 사람의 본심을 들었다. 그리고 나는 잠에서 깨어나도 역시나 그걸 나의 현실로 믿고 있다.

몽상가.

이러한 나 같은 인간은 몽상가로 불리며 만만하고 칠칠치 못한 종족으로 많은 사람들의 조소와 경멸의 표적이 되는 모양인데 그 비웃고 있는 사람에게, 하지만 비웃고 있는 너도 내겐 꿈과 똑같아, 라고 말하면 그 사람은 어떤 표정을 지을까?

나는 하루 여덟 시간씩 잠을 자며 꿈속에서 성장하고, 늙어 왔다. 즉 나는 이른바 이 세상 현실이 아닌, 딴 세계의 현실 속에서도 자라 온 남자다.

내겐 이 세상 어디에도 없는 벗이 있다. 더욱이 그 벗은 살아 있다. 또 내겐 이 세상 어디에도 없는 아내가 있다. 더욱이 그 아내는 언어와 육체도 지니고, 살아 있다.

나는 잠에서 깨어 세수를 하면서, 그 아내의 냄새를 가까이 느낄 수 있다. 그리고 밤에 잘 때는, 다시 그 아내를 만날 즐거운 기대를 갖는다.

"한참 못 만났는데, 무슨 일 있나?"

"체리를 따러 갔었죠."

"겨울인데 체리가 있나?"

"스위스."

"그래."

식욕도, 또한 그 성욕도, 아무것도 없는 청량한 사랑의 대화가 이어지고, 꿈에서 전에 여러 번 본 적 있는, 그러나 지구상엔 결코 없는 호숫가 푸른 풀밭에 우리 부부는 나뒹군다.

"분한 거지요?"

"바보야. 다들 바보뿐이야."

나는 눈물을 흘린다.

그때 잠에서 깬다. 나는 눈물을 흘리고 있다. 잠 속 꿈과 현실이 맺어진다. 기분이 그대로, 맺어진다. 그러니까 나에게 이 세상 현실은 잠 속 꿈의 연속이기도 하고, 또한 잠 속 꿈은 그대로 나의 현실이라고 생각한다.

이 세상에서 나의 현실 생활만을 보고 나의 전부를 이해하는 건, 다른 사람들에게는 불가능하리라. 동시에 나 또한 다른 사람들에 대해, 이해하는 바가 아무것도 없다.

꿈은 그 프로이트 선생의 말씀에 따르면, 이 현실 세계로부터 죄다 암시를 받고 있다는데, 하지만 내게 그건 어머니와 딸이 똑같다고 하는 난폭한 논의인 듯 여겨진다. 거기엔 연관이 있으면서도 또한 본질적으로 차이 나는 서로 다른 세계가 전개되고 있으리라.

내 꿈은 현실과 맺어지고, 현실은 꿈과 맺어져 있다고는 하나, 그 공기가 역시 완전히 다르다. 꿈나라에서 흘린 눈물이 이 현실과 연결되어 여전히 나는 분해서 울고 있지만, 생각해 보면 그 나라에서 흘린 눈물이 내겐 훨씬 더 진짜 눈물 같은 느낌이 든다.

예컨대, 어느 날 밤, 이런 일이 있었다.

늘 꿈속에 나타나는 아내가,

"당신은 정의라는 걸 아세요?"

　　놀리는 말투가 아닌, 나를 충분히 신뢰하는 듯한 말투로 물었다.

　　나는 대답하지 않았다.

　　"당신은 남자다움이라는 걸 아세요?"

　　나는 대답하지 않았다.

　　"당신은 청결이라는 걸 아세요?"

　　나는 대답하지 않았다.

　　"당신은 사랑이라는 걸 아세요?"

　　나는 대답하지 않았다.

　　역시나, 그 호숫가 풀밭에 나뒹굴고 있었는데, 나는 나뒹굴면서 눈물을 흘렸다.

　　그러자, 새가 한 마리 날아왔다. 그 새는 박쥐 비슷한데, 한쪽 날개 길이만도 3미터 남짓, 그리고 그 날개를 조금도 움직이지 않은 채 글라이더처럼 소리 없이 우리 위, 2미터 남짓 위를 닿을락 말락 날아가는데, 그때 까마귀 울음 같은 소리로 이렇게 말했다.

　　"여기선 울어도 괜찮지만, 저 세계에선 그런 일로 울지 마."

　　나는 그 후로, 인간은 이 현실 세계, 그리고 또 하나인 수면 중 꿈 세계, 두 가지 세계에서 생활하고 있고, 이 두 가지 생활 체험이 복잡하게 뒤섞여 혼미한 지점에, 이른바 전(全) 인생이라 할 만한 게 있지 않겠는가, 생각하게 되었다.

"안녕히."

현실 세계에서 헤어진다.

꿈에서 다시 만난다.

"아까는 삼촌이 와 계셔서, 죄송했어요."

"벌써, 삼촌은 가셨나?"

"제게 연극을 보여 주겠다고, 어찌나 권하는지! 우자에몬(羽左衛門)과 바이코(梅幸)가 예명 계승[1]을 알리는데, 이번 우자에몬은 이전 우자에몬보다 더 풍채가 좋고 산뜻하고 귀엽고, 그리고 목소리가 좋고, 기예도 아예 이전 우자에몬과는 비교가 안 될 정도로 훌륭하대요."

"그렇다지. 난 자백하는데, 이전 우자에몬을 아주 좋아해서 그 사람이 죽고는 더 이상 가부키를 볼 마음도 내키지 않을 정도였지. 하지만 그이보다 훨씬 아름다운 우자에몬이 나왔으니 나도 보러 가고 싶은데, 당신은 어째서 가지 않았나?"

"지프가 왔어요."

"지프가?"

"전, 꽃다발을 받았어요."

---

1   우자에몬, 바이코는 가부키를 대표하는 배우 이름이다. 스승의 이름을 이어받는 것.

"백합이겠지?"

"아뇨."

그러고는 내가 알지 못하는, '포스포' 뭐라나 장황스럽고 어려운 꽃 이름을 말했다. 나는 내 어학의 빈곤함을 부끄러이 여겼다.

"아메리카에도, 초혼제가 있나요?"

그 사람이 말했다.

"초혼제 꽃인가?"

그 사람은 거기엔 대답 않고,

"묘지가 없는 사람은, 슬퍼요. 전, 야위었어요."

"어떤 말이 좋을까? 좋아하는 말을 뭐든 해 주지."

"헤어지다, 라고."

"헤어지고, 또 만나?"

"저 세상에서."

그 사람은 이렇게 말했지만 나는, 아아 이건 현실이야, 현실 세계에서 헤어져도 이 사람과는 저 수면 속 꿈 세계에서 다시 만날 수 있으니까 아무렇지 않아, 하고 꽤나 느긋한 기분이었다.

그러고는 아침에 잠이 깨서, 헤어진 건 현실 세계에서 일어난 일이고, 만난 건 꿈 세계에서 일어난 일, 그러고는 다시 헤어진 건 역시 꿈 세계에서 일어난 일, 이제는 어느 쪽이건 마찬가지라는 심정으로 이부자리에서 멍하니

있는데, 진작부터 오늘이 약속한 마감일로 잡혀 있던 어느
잡지의 원고를 받으러, 젊은 편집자가 찾아왔다.

　나는 아직 한 장도 쓰지 못했다. 용서하세요, 다음
달 호나, 그다음쯤에 쓰게 해 주세요, 라고 바랐지만,
들어주지 않았다. 꼭 오늘 내로 다섯 장이건 열 장이건
써 주지 않으면 곤란해요, 한다. 나도, 아니 그건 곤란해,
한다.

　"어떠세요? 지금부터 같이 술을 마시고, 말씀하시는
걸 제가 쓰겠습니다."

　술 유혹에 나는 극도로 물렀다.

　둘이 나섰고, 나의 오랜 단골 어묵 가게에 가서
주인에게 2층 조용한 방을 빌려 달라고 부탁했는데
공교롭게도 그날은 6월 1일이라, 그날부터 요릿집이 전부
자숙(自肅) 휴업인가를 하게 되어 있어서 아무래도 방을
빌려주기 난처하다는 게 주인의 대답이었다. 그렇다면
당신이 전부터 보관해 온 팔다 남은 술은 없는가, 그걸 좀
내줬으면 싶은데. 나는 이렇게 말해 가게 주인한테 일본
술을 한 되 샀고, 우리 두 사람은 어디 갈 데도 없이 술병을
들고 초여름 교외를 돌아다녔다.

　문득 떠올라, 그 사람 집 쪽으로 걸어갔다. 나는
그때까지 그 집 앞을 걸어 본 적은 여러 번 있었지만, 아직
그 집으로 들어가 본 적은 없었다. 다른 데서 줄곧 만났다.

그 집은 상당히 널찍하고 가족도 적으니, 비어 있는 방 하나쯤은 있게 마련이다.

"우리 집은 그 모양으로 아이가 많고 시끄러워, 도저히 아무것도 할 수 없는 데다 손님이 찾아오면 곤란하고, 조금 아는 사람의 집이 있으니까, 거기로 가서 일을 해 보지요."

이런 용건으로나 핑계 삼지 않으면, 더 이상 그 사람과 만날 수 없을지도 모른다.

나는 용기를 내서 그 집의 초인종을 눌렀다. 가정부가 나왔다. 그 사람은 안 계신다고 한다.

"연극입니까?"

"네."

나는 거짓말을 했다. 아니, 역시 거짓말이 아니다. 나에겐, 현실 이야기를 한 거다.

"그렇담 곧 돌아오실 겁니다. 아까 이쪽의 삼촌을 만났는데, 연극 보러 끌고 나왔더니 도중에 도망가 버렸다고 하시며 웃으시던걸요."

가정부는 나를 친밀한 사람이라 여긴 듯 웃으며, 들어오세요, 했다.

우리는 그 사람의 거실로 안내되었다. 정면 벽에 젊은 남자 사진이 장식되어 있었다. 묘지가 없는 사람은, 슬퍼요. 나는 단박에 이해했다.

"남편이시군요?"

"네, 아직 남방에서 돌아오시지 않았어요. 벌써 칠 년, 소식이 없대요."

그 사람에게 그런 남편이 있다니, 사실 나도 이때 처음 알았다.

"예쁜 꽃이네요!"

젊은 편집자는 그 사진 아래 책상에 장식해 놓은 꽃 한 다발을 보고, 이렇게 말했다.

"무슨 꽃일까요?"

그가 묻기에, 나는 술술 대답했다.

"Phosphorescence."

미남자와 담배

1948년 발표. 1947년 겨울, 우에노의 부랑아들과 찍은
사진이 이 작품의 소재가 되었다. 작품에 다자이라는 작가
이름이 그대로 사용되고 있다.
"저는 홀로 오늘까지 싸워 왔습니다만"으로 시작되는 문장에
쓸쓸함이 묻어난다. 삶의 마지막까지 작가가 분투해 온 것이
무엇인지를 떠올리게 한다. 그럼에도 다자이의 여유로운
시선이 따뜻하다.

미남자와 담배

저는 홀로 오늘까지 싸워 오긴 했습니다만, 어쩐지
아무래도 질 것 같아 조마조마해서 견딜 수가 없습니다.
하지만 설마, 지금까지 줄곧 경멸해 온 이들에게, 아무쪼록
동료로 받아 주세요, 제가 나빴습니다, 하고 이제 와서
부탁할 수도 없습니다. 저는 역시나 혼자 싸구려 술 따위를
마시면서, 제 싸움을 계속 해 나가는 수밖에 없습니다.

제 싸움. 그건 한마디로 말하면, 낡은 것과의
싸움이었습니다. 진부한 거드름 피우기에 대한
싸움입니다. 빤히 들여다보이는 겉치레에 대한
싸움입니다. 쩨쩨한 것, 쩨쩨한 사람에 대한 싸움입니다.

저는 여호와에게라도 맹세하고 말할 수 있습니다.
저는 그 싸움을 위해, 제가 가진 것 전부를 잃었습니다.
그래서 여전히 저는 혼자이고, 늘 술을 마시지 않을 수
없는 심정이고, 어쩐지 점점 패색이 짙어졌습니다.

낡은 사람은 심술궂지요. 이러쿵저러쿵 진부하기
짝이 없는 문학론인지 예술론인지를 창피한 줄 모른 채
늘어놓고, 그렇게 해서 새로이 필사적으로 돋아나는
싹을 짓밟고, 게다가 자신의 그 죄악을 전혀 깨닫지 못한
낌새이니, 황송합니다. 아무리 밀고 당겨도, 꿈쩍을
않습니다. 오직 그저 목숨이 아깝고 돈이 아까워, 그리고
출세해 처자를 기쁘게 해 주고 싶어서, 그 때문에 도당을
짜고 무턱대고 동료를 치켜올리고, 이른바 일치단결하여
쓸쓸한 외톨이를 괴롭힙니다.

저는 질 것 같습니다.

일전에 어떤 곳에서 싸구려 술을 마시고 있는데
거기로 나이 든 문학자 셋이 들어와, 제가 그 사람들과는
알고 지내는 사이도 무엇도 아니건만, 다짜고짜 저를
둘러싸고 엄청 칠칠치 못한 취기를 부리며 제 소설에 대해
전혀 엉뚱한 험담을 늘어놓았습니다. 저는 아무리 술을
마셔도 흐트러지는 걸 아주 싫어하는 기질이라 그 험담도
웃으며 흘려들었는데, 집으로 돌아와 늦은 저녁밥을
먹으면서 너무 분한 나머지 으흑 오열이 터져 멈추지
않았습니다. 밥그릇도 젓가락도 내려놓고 엉엉 복받치는
울음을 울어 버리고, 식사 시중을 드는 아내를 향해,

"사람이, 사람이, 이렇게, 목숨 걸고 필사적으로 쓰고
있는데, 다들, 가벼운 놀림감 삼아, ······그 사람들은,

선배라고! 나보다 열 살 스무 살이나 많아. 그런데 다들
힘을 합쳐서 나를 부정하려고 하는, ……비겁하잖아!
간사해! ……그만, 됐어, 나도 이젠 안 봐줄 거야, 선배
험담을 공공연히 말하겠어, 싸우겠어, ……너무,
심하다고."

　이렇게 종잡을 수 없는 말을 중얼거리면서 더욱더
격하게 울어, 아내는 어이없다는 표정으로,

　"주무세요, 네?"

　말하고는 저를 잠자리로 데려갔습니다만, 눕고 나서도
그 분한 울음의 오열이 좀처럼 그치지 않았습니다.

　아아! 살아간다는 건, 내키지 않는 일이야. 특히
남자는 괴롭고 슬프지. 아무튼 무엇이든 싸워서, 그리고
이겨야만 하니까요.

　그 분한 울음을 운 날부터 며칠 후, 어느 잡지사의
젊은 기자가 와서 제게 묘한 말을 했습니다.

　"우에노[1]의 부랑자를 보러 가지 않을래요?"

　"부랑자?"

　"네, 함께한 사진을 찍고 싶어서요."

　"내가, 부랑자와 함께한?"

　"그렇습니다."

1　도쿄에 있는 지명.

차분하게 대답합니다.

어째서, 특히 저를 선택했을까요? 다자이 하면, 부랑자. 부랑자 하면, 다자이. 뭔가 그러한 인과 관계라도 있는 걸까요?

"가겠습니다."

저는 울상을 짓고픈 심정일 때, 도리어 반사적으로 상대방에게 맞서는 성벽을 지닌 모양입니다.

저는 곧장 일어서서 신사복으로 갈아입고, 제 쪽에서 그 젊은 기자를 재촉하다시피 집을 나섰습니다.

추운 겨울 아침이었습니다. 손수건으로 콧물을 누르면서 말없이 걷자니, 과연 제 마음이 울적했습니다.

미타카 역에서 전차로 도쿄 역까지 가서 시영 전차로 갈아타고 그 젊은 기자의 안내를 받아 먼저 본사에 들러 응접실로 들어갔는데, 그러고는 곧장 위스키를 대접받았습니다.

짐작건대, 다자이 그 작자는 소심한 사람이니까 위스키라도 먹여 기운을 좀 북돋우지 않으면 부랑자와 변변히 대담도 못 할 게 틀림없다는 본사 편집부의 호의 어린 배려였는지도 모르지만, 솔직히 말하면 그 위스키는 몹시 기괴한 물건이었습니다. 저도 여태껏 갖가지 수상쩍은 술을 마셔 온 남자로, 딱히 결코 고상한 척하는 건 아닙니다만, 그래도 위스키 탁주라는 건

처음이었습니다. 세련된 상표가 붙어 있고 그럴듯한
병이었는데, 내용물이 뿌옇습니다. '위스키 막걸리'라고나
할까요?

그렇지만 저는 그걸 마셨습니다. 꿀꺽꿀꺽
마셨습니다. 그리고 응접실에 모여든 기자들에게도,
드실까요? 하고 권했습니다. 그런데 다들 엷은 웃음을
띠고, 마시지 않습니다. 거기 모여 있던 기자들은 대개
지독한 술꾼임을 저는 소문으로 들어 알고 있었습니다.
그런데도 마시지 않습니다. 엄청난 주호들도, 위스키
막걸리는 경원하는 낌새였습니다.

저만 취해서,

"뭐야! 자네들은 무례한 거 아냐? 니들이 못 마실
정도로 기묘한 위스키를, 손님한테 권하다니, 심한 거
아닌가?"

웃으면서 말했습니다. 기자들은, 이제 슬슬 다 자이도
거나해졌다, 이 기세가 사라지기 전에 부랑자와
대면시켜야만 한다고, 이를테면 찬스를 놓치지 않고 저를
자동차에 태워 우에노 역에 데려가, 부랑자의 소굴이라
불리는 지하도로 이끌었습니다.

그렇지만 기자들의 이 용의주도한 계획도, 그다지
성공이라고는 할 수 없을 것 같았습니다. 저는 지하도로
내려가 아무것도 보지 않은 채, 그저 똑바로 걸어가서

지하도 출구 근처 꼬치구이 가게 앞에서 소년 넷이 담배를 피우고 있는 걸 발견하고 몹시 언짢아져서 다가가,

"담배는 그만둬. 담배를 피우면 되레 배가 고파지는 법이야. 그만둬. 꼬치구이가 먹고 싶으면, 사 주지."

소년들은 피우던 담배를 순순히 버렸습니다. 모두 열 살 전후, 아직 아이들입니다. 저는 꼬치구이 가게 여주인에게,

"여기, 이 아이들에게 하나씩!"

말하고는, 참으로 묘하게 딱한 느낌이 들었습니다.

이것도 선행이라 할 수 있으려나? 난감한걸!

저는 느닷없이 발레리[2]의 어떤 말을 떠올리고, 더욱 난감해졌습니다.

만약 저의 그때 행동이 속물들로부터 조금이나마 상냥한 몸짓으로 보였다고 하면, 저는 발레리에게 아무리 경멸당한들 어쩔 도리가 없습니다.

발레리의 말 ― 선을 행할 경우에는, 언제나 사과하면서 해야만 한다. 선만큼 타인을 상처 입히는 건 없으니까.

저는 감기에 걸린 듯한 기분으로 등을 움츠리고, 성큼성큼 걸어 지하도 밖으로 나가 버렸습니다.

---

2   폴 발레리(Paul Valéry, 1871~1945). 프랑스의 시인, 사상가.

네다섯 명의 기자들이 제 뒤를 쫓아와서,

"어땠어요? 거의 지옥이죠?"

다른 한 사람이,

"하여간, 별세계니까."

또 다른 한 사람이,

"깜짝 놀랐지요? 감상은요?"

저는 소리 내어 웃었습니다.

"지옥? 설마! 저는 조금도 놀라지 않았습니다."

이렇게 말하고 우에노 공원 쪽으로 걸어가며, 저는
조금씩 수다쟁이가 되어 갔습니다.

"사실 난, 아무것도 못 보고 왔습니다. 나 자신의
괴로움만 생각하고 오직 똑바로 보고, 지하도를 서둘러
빠져나왔을 뿐입니다. 하지만 자네들이 특히 나를
선택해서 지하도를 보여 준 이유는, 알겠더군. 그건 말이지,
내가 미남자라는 이유가 틀림없어."

모두 크게 웃었습니다.

"아니, 농담 아냐. 자네들은 알아채지 못했나?
난 똑바로 보고 걸어도, 그 어둑한 구석에 엎드려
누운 부랑자들 거의 전부가, 단정한 용모를 지닌
미남자뿐이라는 사실을 발견했지. 즉 미남자는 지하도
생활에 빠질 가능성을 다분히 갖고 있다는 셈이 돼. 자네
역시 살갗이 희고 미남자니까, 위험해. 조심하라고! 나도

조심하겠지만."

　다시, 모두가 왁자하니 웃었습니다.

　잘난 척, 잘난 척, 남이 뭐라 해도 잘난 척하다가 퍼뜩 정신을 차리니, 제 몸은 지하도 구석에 드러누운 채 더 이상 인간이 아니었습니다. 저는 지하도를 그냥 지나갔을 뿐인데도, 그런 전율을 진심으로 느꼈습니다.

　"미남자 건은 아무려나, 그 밖에 뭔가 발견했습니까?"

　이 질문에 저는,

　"담배입니다. 그 미남자들은 술에 취한 듯 보이지도 않았는데, 담배만은 대체로 피우고 있더군요. 담뱃값도 싸지는 않지요. 담배 살 돈이 있으면, 돗자리 한 장이나 신발 한 켤레라도 살 수 있을 텐데. 콘크리트 맨땅에 누워, 맨발로, 그러고는 담배를 피워요. 인간은, 아니 요즘 인간은 밑바닥 구렁텅이에 빠져도, 빈털터리가 되어도, 담배를 피우지 않고선 못 배기게 된 거겠지요. 남의 일이 아니야. 어쩐지 나도 그런 심정을 헤아릴 수 있을 것도 같고. 이거 마침내, 나의 지하도행이 실현될 색채가 한층 짙어진 것 같구먼!"

　우에노 공원 앞 광장으로 나갔습니다. 아까의 소년 넷이 겨울 한낮 햇볕을 쬐며 그야말로 희희낙락 놀고 있었습니다. 저는 자연스레, 그 소년들 쪽으로 어정어정 다가가 버렸습니다.

"그대로! 그대로!"

기자 하나가 카메라를 우리 쪽으로 향한 채 외치고, 찰칵 사진을 찍었습니다.

"이번엔, 웃어요!"

그 기자가 렌즈를 들여다보며 다시 이렇게 외치고, 소년 하나는 제 얼굴을 보고,

"얼굴을 마주 보면, 절로 웃음이 터지거든."

말하며 웃고, 저도 덩달아 웃었습니다.

천사가 하늘을 날다가 신의 뜻에 따라 날개가 사라져 없어지고, 낙하산처럼 온 세계 방방곡곡에 춤추듯 내려옵니다. 저는 북쪽 지방의 눈 위에 훨훨 내려오고, 당신은 남쪽 지방의 귤나무 밭에 훨훨 내려오고, 이 소년들은 우에노 공원에 훨훨 내려왔습니다. 그저 요만한 차이입니다. 소년들이여, 앞으로 착착 성장하더라도 용모에는 반드시 무관심하고, 담배를 피우지 말고, 술도 축제 날 외엔 마시지 말고, 그래서 얌전하고 살짝 멋 부리는 아가씨와 누긋한 사랑에 빠지세요.

덧붙임.

이때 찍은 사진을, 나중에 기자가 갖다주었다. 서로 웃고 있는 사진, 그리고 또 한 장은 내가 부랑아들

앞에 쪼그리고 앉아 부랑아 한 명의 발을 붙잡고 있는,
아주 묘한 포즈의 사진이었다. 만약 이것이 훗날 어떤
잡지에라도 게재될 경우, 다자이는 아니꼬운 녀석이군.
그리스도인 체하고 그 요한복음에서 제자의 발을 씻기는
동작을 흉내 내는 꼴이라니, 웩! 이러한 오해를 일으킬
염려가 없다고 할 수 없기에 한마디 변명하겠는데, 나는
그저 맨발로 다니는 아이의 발바닥이 어떻게 됐을까 싶은
호기심에서 그런 자세를 취했을 뿐이다.

한 가지 더, 우스개를 덧붙이련다. 그 두 장의 사진이
도착했을 때 나는 아내를 불러,

"이들이, 우에노의 부랑자야."

일러 주었더니, 아내는 진지하게,

"아, 이들이 부랑자인가요?"

말하며 찬찬히 사진을 보았는데, 문득 나는 그 아내가
응시하고 있는 데를 보고 깜짝 놀라,

"당신은 무얼 착각해서 보고 있나? 그건 나야! 당신
남편이잖아! 부랑자는 저쪽이야."

아내는 지나칠 정도로 고지식한 성격의 소유자로,
농담 따위 할 수 있는 여자가 아니다. 진심으로 내 모습을
부랑자로 잘못 본 듯하다.

비용의 아내

1947년 발표. 작품 속 '오타니'는 프랑스 시인 프랑수아 비용을 모티프로 한 인물이며 다자이의 분신으로 읽힌다. 전쟁 후 시대 변화에 적응하지 못한 채 데카당을 표방하며 살아가는 오타니는 내면의 윤리성, 무너지는 가정과 끊임없이 갈등하고 싸워 나갈 수밖에 없다. 반면 그의 아내 '삿짱'은 자신 앞에 닥친 험난한 현실을 딛고 무능력한 남편을 대신해 가정을 지켜 내는 진취적 인간성을 발휘한다. 두 사람의 대화가 자아내는 독특한 분위기, 그리고 세부 묘사에 이 작품의 묘미가 있다. 다자이의 후기 단편들 가운데 걸작이라는 평가를 받는다.

1

허겁지겁 현관문을 여는 소리가 들리고 저는 그 소리에 잠을 깼습니다만, 그건 곤드레만드레 취한 남편의 심야 귀가일 게 뻔했기 때문에 그대로 잠자코 누워 있었습니다.

남편은 옆방에서 전등을 켜고 하악하악 엄청나게 거친 호흡을 몰아쉬면서 책상 서랍이며 책장 서랍을 열어 휘젓고 무얼 찾는 기척이더니, 이윽고 털썩 다다미에 주저앉는 듯한 소리가 들렸다가 그다음엔 그저 하악하악 거친 호흡뿐이고 대체 무얼 하는지 저는 누운 채로,

"오셨네요. 식사는 하셨어요? 찬장에 주먹밥이 있는데."

그러자,

"응, 고마워." 여느 때와 달리 상냥하게 대답하고, "아이는 어떤가? 열은 아직 있어요?"라며 묻습니다.

이것도 아주 드문 일이었습니다. 아이는 내년이면 네 살이 되는데 영양 부족 탓인지 아니면 남편의 술독 탓인지 병독 탓인지, 다른 집 두 살배기보다도 몸집이 자그맣고 걸음마조차 조마조마합니다. 말도 기껏해야 '맘마, 맘마' '싫어, 싫어' 정도를 하는 게 고작이라, 머리가 나쁜 건 아닌가 싶은 생각도 듭니다. 저는 이 아이를 목욕탕에 데려가서 알몸을 품에 안은 채, 너무나 자그맣고 못나고 야위어서 짠한 마음에, 여러 사람들 앞에서 울어 버린 적도 있습니다. 게다가 이 아이는 툭하면 배탈이 나거나 열이 나는데, 남편은 조용히 집에서 지내는 일은 거의 없고, 아이에 대해 도통 생각이 있기나 한 건지. 아이가 열이 나요, 제가 말을 해도 아, 그래? 의사 선생님에게 한번 데려가 봐요. 그러고는 서둘러 외투를 걸치고 어딘가로 나가 버립니다. 의사 선생님에게 데려가 보고 싶지만 돈도 아무것도 없으니까, 저는 잠든 아이 곁에 누워 아이의 머리를 말없이 어루만져 주는 것 말고는 어찌할 수가 없습니다.

하지만 그날 밤은 어찌 된 셈인지 되게 상냥하게, 아이 열이 어떤가 하고 아주 드물게 물어봐 주니, 저는 기쁘다기보다도 어쩐지 무서운 예감에 등골이

오싹해졌습니다. 뭐라 대답을 해야 할지 몰라 말없이
있자니, 그러고 나서 잠시 그저 남편의 가쁜 호흡만
들렸는데,

"실례합니다!"

여자의 가느다란 목소리가 현관에서 납니다. 저는
온몸에 찬물을 뒤집어쓴 듯 소름이 끼쳤습니다.

"실례합니다. 오타니 씨!"

이번엔 좀 날카로운 말투였습니다. 동시에 현관문을
여는 소리가 나고,

"오타니 씨! 계시죠?"

확실히 화가 난 목소리가 들렸습니다.

남편은 그때서야 현관으로 나간 모양입니다.

"무슨 일인가?"

흠칫흠칫 엄청 겁먹은 듯한, 얼빠진 대답을 했습니다.

"무슨 일인가, 라니요?" 여자는 목소리를 낮춰,
"이런 번듯한 집도 있는 주제에 도둑질을 하다니, 어찌
된 일이에요? 못된 농담은 그만하고, 그걸 돌려주세요.
그러지 않으면, 저는 지금 당장 경찰에 신고하겠어요."

"무슨 소리야? 무례한 말 삼가라고! 여긴 너희가 올
데가 아냐. 돌아가! 돌아가지 않으면, 내 쪽에서 너희를
신고하겠어."

그때, 또 한 사람 남자의 목소리가 났습니다.

"선생, 배짱이 두둑하시군. 너희가 올 데가 아냐? 말 한번 잘하시네. 어이가 없어 말이 안 나오는걸. 이건 보통 일이 아냐. 남의 집 돈을, 당신, 농담도 정도껏 하셔야지. 여태까지 우리 부부가 당신 때문에 얼마나 고생을 겪어 왔는지, 그걸 아냐고! 그런데도 오늘 밤처럼 이런 한심한 짓을 저지르다니! 선생, 제가 잘못 봤습니다."

"협박하는군." 남편은 위압적으로 말하지만, 그 목소리는 떨렸습니다. "공갈이야. 돌아가! 불만이 있다면, 내일 듣지."

"대단한 말씀을 잘도 지껄이는걸! 선생, 이젠 완전히 어엿한 악당이셔. 그렇담 뭐 경찰에게 부탁하는 것 말고 별 수가 있나!"

그 말의 울림에는 제 온몸에 오싹 소름이 돋았을 만큼 지독한 증오가 깃들어 있었습니다.

"멋대로 해!" 소리치는 남편의 목소리는 이미 들뜬 데다 공허한 느낌이었습니다.

저는 일어나 잠옷 위에 겉옷을 걸치고 현관으로 나가 두 손님에게,

"어서 오세요."

하고 인사했습니다.

"아, 사모님이십니까?"

무릎 길이의 짧은 외투를 입고 쉰 살 남짓한, 얼굴이

동그스름한 남자가 조금도 웃지 않고 저를 향해 살짝 끄덕이듯 인사했습니다.

여자는 마흔 전후로 자그마한 체구에 말랐고, 차림새가 단정한 사람이었습니다.

"이런 한밤중에 찾아와서."

그 여자는 역시나 조금도 웃지 않고 숄을 벗으며 제게 머리 숙여 인사했습니다.

그때 느닷없이 남편은 게다를 아무렇게나 걸쳐 신고 밖으로 뛰쳐나가려고 했습니다.

"아이쿠! 그건 어림없지!"

남자는 남편의 한쪽 팔을 붙잡았고, 두 사람은 잠시 밀치락달치락 몸싸움을 벌였습니다.

"이거 놔! 찌를 거야!"

남편 오른손에 잭나이프가 반짝였습니다. 그 나이프는 남편이 애장하는 물건으로 분명 남편의 책상 서랍 안에 있었고, 그렇다면 아까 남편이 집에 돌아오자마자 뭔가 서랍을 휘젓고 있었던 것 같은데, 진작부터 일이 이렇게 될 줄 예견하고 나이프를 찾아 품속에 넣어 둔 게 틀림없습니다.

남자는 물러섰습니다. 그 틈에 남편은 거대한 까마귀처럼 외투 소맷자락을 휘날리며 밖으로 뛰어나갔습니다.

"도둑이야!"

남자는 크게 소리 지르며 뒤따라 밖으로 뛰어나가려
했습니다만 저는 맨발로 토방으로 내려가 남자를 그러안아
말리고,

"그만하세요. 어느 쪽이든 다치시면 안 되잖아요.
뒷수습은 제가 하겠습니다."

그러자 곁에서 마흔 살 여자도,

"그래요, 여보. 미치광이가 칼을 쥔 거나
마찬가지예요. 무슨 짓을 할지 몰라요."

이렇게 말했습니다.

"빌어먹을! 경찰뿐이라고. 이젠 용서 못 해!"

멍하니 바깥 어둠을 보면서 혼잣말처럼 그렇게
중얼거렸지만, 그 남자는 이미 온몸의 힘이 쭉 빠져
있었습니다.

"죄송합니다. 자, 들어오셔서 이야기를 좀
들려주세요."

말하면서 저는 현관 마루에 올라 쪼그리고 앉아,

"저라도 뒷수습은 할 수 있을지도 모르니까요. 자,
들어오세요, 어서요. 지저분합니다만."

두 손님은 얼굴을 마주 보고 어렴풋이 서로
끄덕이더니 남자는 태도를 가다듬고,

"뭐라 말씀하셔도 저희 기분은 이미 정해져 있습니다.

그러나 지금까지의 경위는 일단 사모님께 말씀드려
놓겠습니다.”

　“네, 어서 들어오세요. 그런 다음, 천천히.”

　“아니, 그렇게, 천천히, 그럴 수도 없습니다만.”

　이렇게 말하고 남자는 외투를 벗으려 했습니다.

　“그대로 들어오세요. 춥거든요, 정말로. 그대로
부탁드립니다. 집 안에 불기운이 하나도 없으니까요.”

　“그럼, 이대로 실례하겠습니다.”

　“네, 어서. 거기 계신 분도, 어서. 그대로.”

　남자가 먼저, 그다음에 여자가 남편 방으로
들어갔습니다. 썩어 가고 있는 다다미, 너덜너덜 찢어진
장지문, 무너져 내리는 벽, 종이가 벗겨져 그 속 문살이
휜히 드러난 맹장지 문, 한구석에 책상과 책장, 그것도 텅
빈 책장. 이처럼 황량한 방 풍경을 접하고, 두 사람 모두
숨을 죽인 듯한 낌새였습니다.

　찢어져 솜이 비어져 나온 방석을, 저는 두 사람에게
권하며,

　“다다미가 더러우니까, 자, 이런 거라도 받치세요.”

　말하고 나서 다시 두 사람에게 인사를 했습니다.

　“처음 뵙겠습니다. 남편이 지금까지 엄청난 폐를
끼쳐 온 것 같습니다만, 또 오늘 밤은 무얼 어떻게 했는지
그토록 무시무시한 짓을 벌여, 뭐라 사죄드려야 할지

모르겠습니다. 워낙 그렇게, 기질이 별난 사람이라서.”

말하려는데 말문이 막히고, 눈물이 흘렀습니다.

“사모님. 정말 실례입니다만, 몇 살이시죠?”

남자는 찢어진 방석에 주눅 들지도 않고 떡하니
책상다리하고 앉아 팔꿈치를 무릎 위에 세우고 주먹으로
턱을 떠받친 채 상반신을 내밀다시피 해서 제게 묻습니다.

“저어, 저 말인가요?”

“예. 분명히 바깥양반은 서른, 이던가요?”

“네. 저는, 저어, ……네 살 아래입니다.”

“그러면, 스물, 여섯. 야아! 이거 심한걸. 아직
그렇다고요? 야아, 그렇겠지. 바깥양반이 서른이라면, 그야
그렇겠지만, 놀랐는걸!”

“저도 아까부터.” 하고 여자는 남자의 등 뒤에서
얼굴을 내밀며 “감탄했습니다. 이런 훌륭한 사모님이
있는데, 어째서 오타니 씨는, 그런대요? 네?”

“병이야. 병이라고. 예전엔 그 정도까진 아니었는데,
점점 나빠진 거지.”

그러고는 크게 한숨을 쉬고,

“실은, 사모님.” 격식을 차린 말투로 “저희 부부는
나카노 역 근처에서 자그마한 요릿집을 경영하고
있습니다. 저도 이 사람도 조슈(上州) 태생인데, 저는 이래
봬도 견실한 장사꾼이었습니다만, 방탕기가 심하다고나

할까요, 시골 농사꾼을 상대하는 쩨쩨한 장사에도
싫증이 나서 그럭저럭 이십 년 전, 이 마누라를 데리고
도쿄로 나왔습니다. 아사쿠사의 어느 요릿집에 부부
함께 더부살이를 시작해 그저 남들만큼 부침을 겪으며
고생하고 조금 저축도 할 수 있었기 때문에 지금의 그
나카노 역 근처에, 1936년이었나? 방 한 칸에 좁은
토방이 딸린 참으로 누추하고 작은 집을 빌려, 한 번의
유흥비가 고작 1엔이나 2엔짜리인 손님을 상대로 미덥지
못한 음식점을 개업했습니다. 그래도 부부가 사치도
부리지 않고 착실히 일을 해 왔는데 그 덕분인지 소주며
진 같은 걸 비교적 잔뜩 사들여 놓을 수 있어서, 그
후 술이 부족한 시기가 되고 나서도 다른 음식점처럼
전업을 하지 않은 채 그럭저럭 끝까지 버티며 장사를
계속해 왔습니다. 또 그렇게 되니 단골손님들도 힘껏
나서서 응원을 해 주셨는데, 이른바 군관의 술과 안주가
이쪽으로도 조금씩 흘러들어 오는 길을 열어 주시는 분도
있고, 전쟁이 시작되어 점점 공습이 격렬해진 뒤에도
저희는 거치적거리는 아이도 없고 고향으로 소개를 떠날
마음도 일지 않아, 어쨌건 이 집이 불타 버릴 때까지는!
이런 생각으로 이 장사 하나에만 꽉 매달려 있었는데,
가까스로 재해도 입지 않고 전쟁이 끝났기 때문에 마음을
놓았고, 이번엔 공공연히 암거래 술을 사들여 팔고 있는,

짤막하게 말하면 그런 처지의 인간입니다. 하지만 이렇게
짤막하게 말하면, 그다지 큰 고난도 없이 비교적 운 좋게
살아온 인간이라고 생각하실지도 모르겠습니다만, 인간의
일생은 지옥이며 촌선척마,[1] 이건 참으로 맞는 말이지요.
한 치 행복에는 한 자 마물이 반드시 따라붙습니다.
인간 삼백육십오 일, 아무 걱정도 없는 날이 하루, 아니
반나절 있다면 그건 행복한 인간입니다. 당신의 바깥양반
오타니 씨가 처음 저희 가게에 온 것은 1944년 봄이었나,
아무튼 그 무렵은 아직 전쟁도 그렇게 패전은 아니고,
아니 슬슬 이제 패전이 되고 있었겠지만 우리에겐 그런
실체랄까, 진상이랄까, 그런 건 알지 못한 채 요 이삼
년 끝까지 버티면 겨우겨우 대등한 자격으로 화해가
이루어지려니 생각했었지요. 오타니 씨가 처음 저희
가게에 나타났을 때도 필시 감색 무명옷에 외투를 걸친
간편 차림이었는데, 그야 오타니 씨뿐 아니라 아직 그
무렵은 도쿄에서도 방공 복장을 제대로 갖춰 입고 다니는
사람은 적었고 대개 보통 복장으로 느긋하니 외출하던
시기였기 때문에 저희도 그때의 오타니 씨 옷차림을 딱히
칠칠하지 못하다고도 느끼진 않았습니다. 오타니 씨는
그때 혼자가 아니었습니다. 사모님 앞이긴 합니다만,

1　寸善尺魔. 세상에는 좋은 일은 적고 나쁜 일은 많다는 뜻.

아니 이젠 아무것도 숨김없이 깡그리 말씀드리지요.
바깥양반은 어느 중년 여성을 따라 가게 부엌문으로
살짝 들어왔습니다. 하긴 이미 그 무렵은 저희 가게도
매일 바깥문은 내내 닫은 채, 당시 유행하던 말로 '폐점
개업'이라는 건데, 극소수 단골손님만 부엌문으로 살짝
들어와서, 가게 토방의 의자에 앉아 술을 마시는 게 아니라
구석진 방에서 어둑한 전깃불 아래 큰 소리도 내지 않고
살짝 취하는 그런 방식이었습니다. 또한 그 중년 여성은
얼마 전까지 신주쿠의 바에서 여급을 하던 사람으로 그
여급 시절에 점잖은 손님을 우리 가게에 데려와 마시게
해서 우리 집 단골로 만들어 준, 이를테면 뱀 길은 뱀이
안다고, 끼리끼리 통하는 그런 식으로 알고 지냈습니다.
그 사람의 아파트는 바로 근처였기 때문에 신주쿠의
바가 폐쇄되면서 여급을 그만두고 나서도 이따금 남자
지인을 데려와, 저희 가게에도 차츰 술이 줄고 아무리
점잖은 손님이라도 술꾼이 늘어난다는 건 예전만큼
고맙지 않을뿐더러 폐를 끼친다고까지 여겨졌습니다만,
그래도 그 전 사오 년간 엄청 호기롭게 돈을 잘 쓰는
손님만 많이 데려와 주었으니까 그러한 의리도 있어서,
그 중년 여성한테 소개받은 손님에겐 저희도 싫은 내색
없이 술을 드리고 있었습니다. 그러니까 바깥양반이
그때 그 중년 여성, 아키짱인데요, 그 사람을 따라 뒤쪽

부엌문으로 살짝 들어와도 별로 저희도 의심하지 않고 늘
하던 대로 구석진 방으로 안내해 소주를 내놓았습니다.
오타니 씨는 그날 밤은 얌전히 마시고 계산은 아키짱에게
시키고 다시 뒷문으로 두 사람 함께 돌아갔는데, 저는
기묘하게도 그날 밤 오타니 씨의 이상스레 조용하고
품위 있는 거동을 잊을 수 없습니다. 마물이 사람의 집에
처음 나타날 때는 그렇게 고요하고 싱그러운 모습인
걸까요? 그날 밤부터 저희 가게는 오타니 씨에게 넘어가
버렸습니다. 그러고 나서 열흘쯤 지나 이번엔 오타니 씨가
혼자 뒷문으로 들어오더니 느닷없이 100엔 지폐를 한
장 꺼내, 글쎄 그 무렵은 아직 100엔이면 큰돈이었지요,
지금의 2000~3000엔 그 이상 맞먹는 큰돈이었지요,
그걸 막무가내로 제 손에 쥐여 주며, 부탁합니다, 하고는
기운 없이 웃더군요. 이미 상당히 마신 기색이었지만,
아무튼 사모님도 아실 테지요, 그토록 술이 센 사람은
없을 겁니다. 취했나 싶은데 갑자기 진지한, 제법 조리 있는
이야기를 하고 아무리 마셔도 걸음걸이가 비틀거린다든가
하는 걸 여태 한 번도 저희에게 보인 적이 없으니까요.
인간 서른 전후는 말하자면 혈기 왕성할 때라 술에도
센 나이입니다만, 그래도 그 정도는 드물지요. 그날 밤도
어딘가 다른 데서 꽤 걸치고 온 낌새였건만, 그러고 나서
우리 집에서 소주를 연거푸 열 잔이나 마시고, 거의 통

말없이, 저희 부부가 무슨 말을 걸어도 그저 쑥스러운 듯
웃으며 응, 응, 애매하게 끄덕이다가 대뜸, 몇 시인가요?
시간을 묻고 일어났습니다. 거스름돈이에요. 제가 말하자,
아니, 됐어, 하더군요. 그러면 곤란합니다, 하고 제가 세게
말했더니, 히죽 웃으며, 그럼 요다음까지 맡아 두세요,
또 오겠습니다, 라며 돌아갔습니다. 사모님, 저희가 그
사람한테 돈을 받은 건 그 후로도 그 전에도, 딱 이때 한
번뿐, 그러고 나서는 이러쿵저러쿵 속여 가며 삼 년 동안,
돈 한 푼 내지 않은 채, 저희 술을 거의 혼자서 다 마셔
버렸으니 기가 찰 노릇 아닙니까?"

엉겁결에 그만, 저는 웃음을 터뜨리고 말았습니다.
이유를 알 수 없는 웃음이 불쑥 터져 나왔습니다.
허둥지둥 입을 가리고 아주머니 쪽을 봤더니, 아주머니도
묘하게 웃으며 고개를 숙였습니다. 그리고 가게 주인도
어쩔 도리 없이 쓴웃음을 짓고,

"아니, 정말이지 웃을 일이 아닌데, 하도 어이가
없으니 웃고 싶기도 하네요. 참말 그 정도 재주를 달리
올바른 방면에 쓴다면야, 장관이건 박사님이건 뭐라도 될
수 있다고요. 저희 부부뿐만 아니라, 그 사람에게 넘어가
빈털터리가 돼서 이 추운 날씨에 울고 있는 사람이 아직
더 있는 것 같은데. 실제로 그 아키짱은 오타니 씨와 사귄
탓에 괜찮은 기둥서방은 달아나고, 돈도 옷도 잃어버리고

지금은 허름한 주택의 지저분한 단칸방에서 거지나
다름없이 지내고 있다는데, 사실 그 아키짱은 오타니
씨와 사귈 무렵엔 한심스러울 만치 푹 빠져서, 우리한테도
뭐라 떠벌려 대곤 했었지요. 우선 신분이 어마어마해요.
시코쿠에 있는 어느 귀인 집안 출신 오타니 남작의
차남인데, 난봉을 피운 탓에 지금은 의절을 당했지만
머잖아 아버지인 남작이 죽으면 장남과 둘이서 재산을
나누게 되어 있다. 머리가 좋아서, 가히 천재다. 스물한
살에 책을 썼는데, 이시카와 다쿠보쿠[2]라는 대천재가 쓴
책보다 훨씬 훌륭하다. 그리고 또 열몇 권인가 책을 썼고
나이는 젊지만 '일본 제일의 시인'이라고 할 수 있다. 게다가
대학자이고 가쿠슈인에서 제일고등학교, 제국 대학에
들어가서 독일어, 프랑스어, 아니 뭐 무시무시해요. 뭐가
뭔지 아키짱 말대로라면 거의 하느님 같은 사람입니다.
하지만 그것 또한 죄다 거짓말은 아닌 듯하고 다른
사람한테 들어 봐도 오타니 남작의 차남에다 유명한
시인이라는 사실은 다를 게 없으니, 나 참, 우리 할멈까지
나잇살은 먹어 가지고 아키짱과 경쟁하듯 홀딱 반해서는,
과연 배경이 좋은 분은 어딘가 달라 보이시네, 어쩌고 하며

---

2   石川啄木(1886~1912). 일본의 고유시 형태인 단카(短歌)의 거장.
스물여섯 나이로 요절했다.

오타니 씨가 오시기를 은근히 기다리는 꼬락서니이니,
참기 힘들 지경입니다. 지금이야 화족이고 뭐고 없어진
모양이지만, 종전 전까지는 여자를 꾀는 데는 아무튼 이
'의절당한 화족 아들'이라는 수법이 제일인 것 같더군요.
묘하게 여자들이 눈을 번쩍 뜨게 되나 봅니다. 역시나 이건
그, 요즘 유행하는 말로 노예근성이라는 것일 테지요.
저 같은 거야 뭐, 닳고 닳은 남자이다 보니, 기껏 화족,
아니 사모님 앞입니다만, 시코쿠 귀인의 분가한 집안,
더구나 차남 따위, 그런 건 우리와 무슨 신분 차이가 있을
턱이 없다고 생각하니까, 설마 그리 한심스럽게, 눈을
번쩍 뜨거나 그러진 않습니다. 그렇지만 역시 어쩐지 그
선생님은 저로서도 다루기 벅찬 상대인지라, 요담에야말로
아무리 부탁해도 술을 못 마시게 해야지 굳게 결심을
해도, 쫓겨 온 사람처럼 예기치 않은 시각에 불쑥 나타나
저희 집에 와서야 겨우 마음을 놓는 듯한 기색을 보면,
그만 결심도 흔들려 술을 내놓고 맙니다. 취해도 딱히
쓸데없이 떠들지도 않으니 그저 계산만 확실히 해 준다면,
좋은 손님입니다만. 스스로 자신의 신분을 퍼뜨리는 것도
아니고, 천재니 뭐니 그런 터무니없는 자랑을 한 적도
없고, 아키짱이 그 선생님 곁에서 저희에게 그 사람의
훌륭한 점에 대해 광고를 할라치면, 난 돈이 필요해, 이곳
술값을 내고 싶어! 전혀 딴 이야기를 해서 자리를 어색하게

만들어 버립니다. 그 사람이 저희에게 지금껏 술값을
지불한 적은 없습니다만, 그 사람 대신 아키짱이 가끔
돈을 내고 가거나 또 아키짱 외에도 아키짱이 알게 되면
곤란해지는 비밀 여자도 있었는데, 그 사람은 어딘가 사는
부인으로 그 사람도 이따금 오타니 씨와 함께 찾아와서
또 오타니 씨 대신 과분한 돈을 두고 가는 일도 있어서,
저희인들 장사꾼이니까요, 그런 일이라도 없는 날은
아무리 오타니 선생님이건 황족이건 그렇게 언제까지나
공짜로 마시게 할 수는 없지요. 하지만 그런 가끔씩
지불만으로는 도저히 충분치가 않아 이미 저희에겐
큰 손실이고, 어쨌든 고가네이에 선생님 집이 있고
거기엔 어엿한 사모님도 계신다는 얘길 들었기 때문에,
한번 그쪽에다 술값 의논하러 찾아가 봐야겠다 싶어,
넌지시 오타니 씨에게 댁은 어디쯤인가요? 여쭤보기도
했습니다만, 금세 눈치를 채고, 없는 건 없어! 어째서 그리
조바심을 치나? 싸우고 그냥 헤어지면 손해야! 어쩌고
싫은 소리를 합니다. 그래도 저희는 어떻게든 선생님의
집만이라도 알아 두고 싶어서 두세 번 뒤를 밟은 적도
있습니다만, 그럴 때마다 감쪽같이 사라져 버리더군요.
그러다 도쿄에는 대공습이 계속되었고 뭐가 뭔지, 오타니
씨가 전투 모자 같은 걸 쓰고 난데없이 찾아와 멋대로
벽장 속 브랜디 병 따위를 꺼내 벌컥벌컥 선 채로 들이켜고

바람처럼 떠나 버리는 통에 계산이고 뭐고 있을 리 없고,
이윽고 종전이 되었기 때문에 이번엔 저희도 공공연히
암거래 술과 안주를 사들여, 가게 앞에는 새 포렴을
내걸고 아무리 가난한 가게라도 활기차게 손님의 흥을
돋우려고 여자아이 한 명을 고용하기도 했는데, 또다시
그 마물 선생님이 나타났습니다. 이번엔 여자 동반이
아니라 반드시 두세 명의 신문 기자나 잡지 기자와 함께
와서, 어쨌거나 앞으로는 군인이 몰락하고 지금까지
가난했던 시인이 세상 사람들 입에 오르며 인기를 얻게
되었다, 라는 게 그 기자들 이야기이고, 오타니 선생님은
그 기자들을 상대로 외국 사람 이름인지 영어인지
철학인지 뭔지 영문을 알 수 없는 이상한 이야기를
들려주고, 그러고는 대뜸 일어나 밖으로 나가더니 아예
돌아오지 않습니다. 기자들은 흥이 깨진 얼굴로, 그 녀석
대체 어디로 간 기야? 슬슬 우리도 돌아갈까? 하면서
돌아갈 채비를 시작하기에 저는, 잠깐만요, 선생님은 늘
저런 수법으로 도망칩니다, 계산은 당신들이 해 주셔야
합니다, 라고 말하지요. 고분고분 다 함께 돈을 나누어
지불하고 돌아가는 무리도 있습니다만, 오타니한테
받으라고! 우리는 500엔짜리 인생이란 말이야! 라며
화내는 사람도 있습니다. 화를 내더라도 저는, 아닙니다,
오타니 씨의 빚이 지금까지 얼마나 되는지 아십니까?

만약 당신들이 그 빚을 얼마간이라도 오타니 씨한테서
받아 주신다면 저는 당신들에게 그 절반을 드리겠습니다,
그러자 기자들도 어이없다는 표정을 지으며, 뭐야!
오타니가 그렇게 못된 녀석인 줄 몰랐는걸, 이제부턴 그
녀석하고 마시는 건 사양하겠어, 우리한테는 오늘 밤 돈이
100엔도 없어, 내일 갖고 올 테니 그때까지 이걸 맡아
둬요, 하면서 기세 좋게 외투를 벗는 겁니다. 기자라는
건 성품이 나쁘다, 라고 세상에서 흔히 말을 하나 본데
오타니 씨와 비교하면, 웬걸 천만에, 정직하고 산뜻하고,
오타니 씨가 남작의 차남이라면 기자들은 공작의 맏아들
정도의 가치가 있습니다. 오타니 씨는 종전 후에는 한층
주량도 늘고 인상이 험악해지고 이제껏 입에 담은 적이
없는 몹시 천박한 농담 따위를 내뱉고, 또 데리고 온
기자를 다짜고짜 때려 드잡이 싸움을 벌이기도 하고, 또
저희 가게에서 일하는 아직 스무 살 전인 여자아이를,
어느 틈엔가 감쪽같이 속여 손에 넣고 만 낌새인지라
저희도 깜짝 놀라고 정말이지 난처했습니다만, 이미
깊은 관계까지 가 버렸으니 눈물을 삼키는 수밖에 없고
여자아이한테도 단념하도록 타일러서 슬쩍 부모님 곁으로
돌려보냈습니다. 오타니 씨, 더 이상 아무 말 않겠습니다,
두 손 모아 빌 테니까 절대 오지 말아 주세요, 하고 제가
말씀드려도 오타니 씨는, 암거래로 돈 버는 주제에 착한

척하지 마! 난 속속들이 알고 있어! 라며 비열한 협박
비슷한 말을 하고는 다시 바로 다음 날 밤에 태연한 낯으로
찾아옵니다. 저희도 전쟁 중에 암거래 장사 따위를 해서
그 벌을 받느라 이런 도깨비 같은 인간을 떠맡아야만 하는
지경이 됐는지도 모르겠습니다만, 그런데 오늘 밤처럼
끔찍한 일을 당하고 보니 이젠 시인이고 선생님이고
나발이고 뭐고, 도둑이에요, 저희 돈을 5000엔 훔쳐
도망쳤으니까요. 지금은 이제 저희도 물건을 사들이는
데 돈이 들어, 집에는 고작 500엔인가 1000엔 현금이
있을 정도이고, 아니 솔직히 말해서 판매한 돈은 곧장
오른쪽에서 왼쪽으로 물건 구매에 쏟아부어야만 합니다.
오늘 밤 저희 집에 5000엔이라는 큰돈이 있었던 건 벌써
올해도 섣달그믐이 다가왔으니 제가 단골손님의 집을
돌며 술값을 받으러 다닌 끝에 겨우 그만큼 모아 온 건데,
이건 바로 오늘 밤에라도 거래처에 직접 건네주지 않으면
이제 내년 설날부터는 저희 장사를 계속해 나갈 수도 없는
그런 소중한 돈으로, 마누라가 구석진 방에서 셈을 하고
선반 서랍에 치우는 것을 그 사람이 토방 의자에 앉아
혼자 술을 마시며 보고 있었는지, 별안간 일어나 성큼성큼
방으로 올라가더니 말없이 마누라를 밀어제치고 서랍을
열어 그 5000엔 지폐 뭉치를 움켜잡아 외투 주머니에
쑤셔 넣고, 저희가 어안이 벙벙해진 사이에 냉큼 토방으로

내려와 가게를 나가 버리는 겁니다. 그래서 저는 크게
소리를 지르며 불러 세우고 마누라와 같이 뒤쫓았는데,
저는 이렇게 된 마당에 도둑이야! 외쳐서 오가는 사람들을
모아 잡아 버릴까 생각도 했습니다만, 어쨌거나 오타니
씨는 저희와 알고 지내는 사이이니 그러는 것도 지나치게
매정한 것 같아 오늘 밤은 무슨 일이 있어도 오타니
씨를 놓치지 않으려고 끝까지 뒤를 밟아 가서 거주지를
확인하고 원만한 대화로 그 돈을 돌려받아야겠다, 글쎄
저희도 힘없는 장사꾼이니까요, 저희 부부는 힘을 합쳐
겨우 오늘 밤 이 집을 알아냈고 참기 힘든 심정을 억누른
채, 돈을 돌려주세요, 라고 조용히 말씀드렸건만, 대체
이럴 수가! 나이프 따위를 꺼내 들고, 찌른다! 라니, 이게
무슨."

　　또다시 영문을 알 수 없는 웃음이 치밀어 올라, 저는
소리 내어 웃고 말았습니다. 아주머니도 얼굴을 붉히고
조금 웃었습니다. 저는 웃음이 좀처럼 멈추지 않아 가게
주인에게 미안한 마음이었지만, 어쩐지 기묘하게 우스워
한참을 웃고 웃다 눈물이 났습니다. 그리고 남편의 시
가운데 "문명의 끝, 큰 웃음"이라는 건, 이런 기분을
말하는 걸까? 문득 생각했습니다.

2

아무튼 그렇게 큰 웃음으로 끝날 사건이 아니었기 때문에 저도 생각 끝에 그날 밤 두 분 앞에서, 그럼 제가 어떻게든 이 뒷수습을 할 테니까 경찰 신고는 하루만 더 기다려 주세요, 내일 그쪽 댁으로 제가 찾아뵙겠습니다, 말씀드려서 그 나카노 가게의 위치를 상세히 듣고 억지로 두 분에게 승낙을 얻어, 그날 밤은 그렇게 일단 돌아가 주셨습니다. 그러고 나서 추운 방 한가운데 홀로 앉아 이리저리 궁리를 했습니다만, 별반 아무런 묘안이 떠오르지도 않기에 일어나 겉옷을 벗고 아이가 자고 있는 이불 속으로 파고들어 아이의 머리를 어루만지면서, 언제까지나 아무리 지나도 날이 밝지 않으면 좋을 텐데, 생각했습니다.

저의 아버지는 전에 아사쿠사 공원의 효탄 연못 부근에서 어묵 노점상을 했습니다. 어머니는 일찍 돌아가시고 아버지와 저, 단둘이 허름한 주택에 살았고 포장마차도 아버지와 둘이서 하고 있었는데 지금의 그이가 이따금 포장마차에 들렀습니다. 저는 머지않아 아버지를 속이고 그 사람과 딴 데서 만나게 되면서 아이가 배 속에 생기는 바람에 이런저런 말썽 끝에 간신히 그 사람의 아내 같은 모양새가 되기는 했어도 물론 호적에든 뭐든 올라가

있지 않고, 아이는 아버지 없는 아이가 되었습니다. 그
사람은 집을 나가면 사흘 밤이고 나흘 밤이고, 아니에요,
한 달이나 돌아오지 않는 일도 있고, 어디서 대체 무얼
하는지 돌아올 때는 늘 만취 상태에다 창백한 얼굴로
하악하악 괴로운 듯 숨을 몰아쉬고 제 얼굴을 말없이
바라보다 뚝뚝 눈물을 흘리기도 합니다. 또 느닷없이 제가
자고 있는 이불 속을 파고들며 제 몸을 꼭 끌어안고,

　　"아아, 안 돼! 무서워! 무섭다고, 난. 무서워! 살려 줘!"

　　이렇게 말하며 와들와들 떨기도 합니다. 잠든 뒤에도
헛소리를 하는지 끙끙대고, 그러고는 이튿날 아침 넋 나간
사람처럼 멍하니 있다가 어느새 휙 사라지면 그뿐, 다시
사흘 밤이고 나흘 밤이고 돌아오지 않습니다. 오래전부터
남편이 알고 지내던 출판 쪽의 두세 분, 그 사람들이
저와 아이의 처지를 염려해 주시고 이따금 돈을 갖다
주기 때문에, 그럭저럭 저희도 굶어 죽지 않고 오늘까지
살아왔습니다.

　　사르르 잠이 들었다가 퍼뜩 눈을 뜨자, 덧문 틈새로
아침 햇살이 비쳐 드는 걸 깨닫고 일어나 몸차림을 하고
아이를 업고 밖으로 나섰습니다. 더 이상 도저히 집 안에
가만히 있을 수 없는 심정이었습니다.

　　어디로 가야겠다는 방향도 없이 역 쪽으로 걸어가,
역 앞 노점에서 사탕을 사서 아이에게 물리고, 그러고는

문득 생각나서 기치조지까지 가는 표를 사서 전차를
타고, 손잡이에 매달린 채 무심히 전차 천장에 늘어뜨려진
포스터를 보니, 남편의 이름이 나와 있었습니다. 그건
잡지 광고인데, 남편은 그 잡지에 '프랑수아 비용'[3]이라는
제목의 긴 논문을 발표한 것 같았습니다. 저는 그 프랑수아
비용이라는 제목과 남편의 이름을 응시하는 사이,
어째선지 모르겠지만 너무나 괴로운 눈물이 솟구치면서,
포스터가 뿌예져 보이지 않게 되었습니다.

　기치조지에서 내려 정말이지 몇 년 만인지 이노카시라
공원에 걸어가 봤습니다. 연못가 삼나무가 깡그리 잘려
나가 이제부터 무슨 공사라도 시작될 땅인 듯, 묘하게 훤히
드러나 썰렁한 느낌이어서 예전과 완전히 달랐습니다.

　아이를 등에서 내려 연못가의 부서질 듯한 벤치에
둘이 나란히 걸터앉아, 집에서 가져온 감자를 아이에게
먹였습니다.

　"아가. 예쁜 연못이지? 옛날엔 이 연못에 잉어 아빠랑
금붕어 아빠가, 많이많이 있었는데, 지금은 아무것도 없네.
재미없지?"

　아이는 무슨 생각인지 감자를 입안 가득 볼이

3　François Villon(1431~1463 추정). 중세 프랑스 시인. '현대 시의
　선구자', '저주받은 시인의 시조'로 거론된다. 살인, 절도 등 일련의
　범죄들로 가혹한 감옥살이를 겪다가 불운하게 삶을 마쳤다.

미어지도록 문 채, 케케, 하고 이상스레 웃었습니다. 내
아이지만, 거의 바보같이 느꼈습니다.

　　그 연못가 벤치에 언제까지고 있어 봤자 무슨 결말이
나는 것도 아니어서, 저는 다시 아이를 업고 어슬렁어슬렁
기치조지 역 쪽으로 되돌아가 흥청대는 노점 거리를
둘러봤습니다. 그러고 나서 역에서 나카노행 표를 사고
아무 생각도 계획도 없이, 이를테면 무시무시한 악마의
수렁 속으로 주르르 빠져들듯이 전차를 타고 나카노에서
내려, 어제 가르쳐 준 대로 길을 찾아 걸은 끝에 그
사람들의 작은 요릿집 앞에 겨우 도착했습니다.

　　바깥문이 열리지 않아 뒤로 돌아가 부엌문으로
들어갔습니다. 가게 주인은 없고, 아주머니 혼자 가게
청소를 하고 있었습니다. 아주머니와 얼굴이 마주치자마자
저는 스스로도 예상치 못한 거짓말을 술술 했습니다.

　　"저어, 아주머니. 돈은 제가 깨끗이 갚아 드릴 수 있을
것 같아요. 오늘 밤 아니면 내일, 아무튼 분명히 믿을 데가
있으니까, 이제 걱정하지 마세요."

　　"어머! 그거 참 다행이네요."

　　말하며 아주머니는 조금 기뻐하는 얼굴이었지만,
그럼에도 뭔가 미심쩍은 듯한 불안한 그림자가 그 얼굴
어딘가에 남아 있었습니다.

　　"아주머니, 정말이에요. 확실하게 여기로 갖고 와

줄 사람이 있어요. 그때까지 저는 인질이 돼서 여기에 쭉
머무는 거예요. 그러면 안심하시죠? 돈이 올 때까지 저는
가게 일을 좀 거들어 드릴게요.”

　　저는 아이를 등에서 내려 구석진 방에 혼자 놀게
놔두고, 뱅글뱅글 바지런을 떨어 보였습니다. 아이는
원래 혼자 놀이에는 익숙했기 때문에, 전혀 방해가
되지 않습니다. 또한 머리가 나쁜 탓인지 낯가림을 하지
않는 편이라 아주머니에게도 잘 웃어 주기도 해서, 제가
아주머니 대신 그 집의 배급품을 받으러 가느라 자리를
비운 동안에도 아주머니한테 미국 통조림 빈 깡통을
장난감 대신 받아, 그걸 두드리거나 굴리기도 하면서
얌전히 방 귀퉁이에서 놀았나 봅니다.

　　점심 무렵, 가게 주인이 생선이며 야채를 사들이고
돌아왔습니다. 저는 가게 주인 얼굴을 보자마자 다시
잽싸게, 아주머니에게 말한 것과 똑같은 거짓말을
했습니다.

　　가게 주인은 얼떨떨한 표정으로,

　　“예에? 그런데 아주머니, 돈이라는 건 자기 손에 쥐어
보기 전에는, 믿을 게 못 되지요.”

　　의외로 차분한, 타이르는 듯한 말투였습니다.

　　“아니에요. 그게 정말로 틀림없어요. 그러니까 저를
믿고 바깥에다 신고하는 건, 오늘 하루 기다려 주세요.

그때까지 저는 이 가게에서 일을 거들게요.”

　“돈이 돌아오면, 그거야 이제 뭐.” 가게 주인은
혼잣말처럼 말하고, “여하튼 올해도 대엿새
남았으니까요.”

　“네, 그래서, 그러니까, 저는, 어머나? 손님이네요. 어서
오세요!” 저는 가게로 들어온 장인으로 보이는 세 명 동반
손님을 향해 웃음을 던지며, 그러고는 나직이, “아주머니,
미안해요. 앞치마를 좀 빌려주세요.”

　“야아, 미인을 고용하셨구먼. 이거 대단한걸!”

　손님 하나가 말했습니다.

　“유혹하지 마세요.” 가게 주인은 그렇다고 영 농담은
아닌 듯한 말투로 말하고, “돈이 걸려 있는 몸이니까.”

　“백만 달러 명마인가?”

　다른 손님 하나는 상스런 농을 했습니다.

　“명마도, 암컷은 반값이라네요.”

　저는 술을 데우며, 밀리지 않고, 상스런 응수를
했더니,

　“겸손 떨지 마셔. 이제부터 일본은 말이나 개나,
남녀동권이라더군.” 가장 젊은 손님이 고함치듯 말하고,
“누님, 난 반했어. 첫눈에 반했어. 한데, 당신은 아이가
딸렸나?”

　“아니에요.” 안쪽에서 아주머니는 아이를 안고 나와,

"얘는 이번에 저희가 친척한테서 맞아들인 아이예요. 이렇게 이젠, 마침내 저희에게도 후사가 생겼답니다."

"돈도 생겼고."

손님 하나가 놀리자, 가게 주인은 진지하게,

"애인도 생기고, 빚도 생기고." 중얼거리더니 대뜸 말투를 바꾸어, "뭘 드시겠어요? 모둠냄비[4]라도 만들까요?"

이렇게 손님에게 묻습니다. 저는 그때, 어떤 한 가지 사실을 깨쳤습니다. 역시 그렇구나, 스스로 혼자 끄덕이고, 겉으로는 아무렇지 않은 듯 손님에게 술병을 날랐습니다.

그날은 크리스마스, 마침 전야제 즈음이었던 것 같은데 그래선지 손님이 끊이지 않고 계속 찾아와, 저는 아침부터 거의 아무것도 먹지 않았음에도 가슴에 상념이 가득 채워져 있는 탓인지 아주머니가 무얼 좀 먹으라고 권해도, 아니에요, 됐어요, 하고는 다만 그저 뱅글뱅글 깃털 옷 한 장을 두르고 춤추듯 가뿐하게 움직이며 바지런히 일했습니다. 우쭐대는 건지도 모르겠습니다만 그날 가게는 이상히도 활기를 띠었던 것 같고, 제 이름을 묻거나 또 악수 따위를 청하는 손님이 두세 명 정도가

---

4   고기, 생선, 조개, 버섯, 채소, 두부 등 재료를 냄비에 넣어 끓이면서 먹는 요리.

아니었습니다.

하지만 이렇게 해서 어떻게 되는 걸까요? 저는 무엇 하나 가늠이 되지 않았습니다. 그저 웃으며 손님의 음란한 농담에 덩달아 장단을 맞추고 훨씬 더 천박한 농담으로 맞받아치고, 손님에게서 손님으로 미끄러지듯 술을 따르며 돌아다니고, 그러는 사이 저의 이 몸이 아이스크림처럼 녹아 흘러 버렸으면 좋겠다, 라고 생각할 뿐이었습니다.

기적은 역시, 이 세상에도 이따금 나타나는 건가 봅니다.

9시 조금 지난 무렵이었을까요. 크리스마스 축제의 삼각형 종이 모자를 쓰고 루팡처럼 얼굴 상반부를 덮어 가리는 검은 가면을 쓴 남자, 그리고 서른네다섯쯤 되는 마른 몸매에 예쁜 부인, 두 손님이 함께 나타났습니다. 남자는 저희에게는 등을 돌리고 토방 구석 의자에 걸터앉았는데, 저는 그 사람이 가게에 들어오자마자, 누구인지 알 수 있었습니다. 도둑 남편입니다.

그쪽에선 저에 대해 아무것도 눈치채지 못한 듯하여, 저도 모른 척하며 다른 손님과 시시덕대고 있는데 그 부인이 남편과 마주 보고 앉아,

"아가씨, 잠깐만!"

하고 부르기에,

"네에."

대답하고 두 사람 테이블 쪽으로 가서,

"어서 오세요. 술 드시겠어요?"

말씀드렸을 때 남편은 가면 뒤 깊숙한 데서 흘끗 저를 보고 역시나 깜짝 놀란 기색이었습니다만, 저는 그 어깨를 가볍게 어루만지며,

"크리스마스 축하해요, 라고 하나요? 뭐라고 하죠? 한 되쯤이야 더 마시겠는데요."

라고 했습니다.

부인은 이 말엔 아랑곳 않고 정색한 표정으로,

"저어, 아가씨. 미안한데, 여기 주인한테 은밀히 말씀드리고 싶은 게 있는데, 여기로 주인을 좀."

그러더군요.

저는 안쪽에서 튀김을 만들고 있는 가게 주인에게 가서,

"오타니가 돌아왔어요. 한번 만나 보세요. 하지만 함께 온 여자분에게 제 얘기는 하지 마시고요. 오타니가 부끄러이 여기면 안 되니까요."

"드디어, 왔군요."

가게 주인은 저의 그 거짓말을 반쯤 의심하면서도 상당히 믿어 주었던 것 같고, 남편이 돌아온 것도 제가 뒤에서 무슨 조종을 한 데 따른 일인 줄 단순히 짐작하는

낌새였습니다.

"제 얘기는, 하지 마세요."

거듭 말하자,

"그러는 편이 좋으시다면, 그리하지요."

소탈하게 승낙을 하고 토방으로 나갔습니다.

가게 주인은 토방의 손님을 한차례 휙 둘러본 다음 곧장 남편이 있는 테이블로 다가가서, 예쁜 그 부인과 뭐라 두세 마디 이야기를 나누더니 세 사람이 함께 가게를 나갔습니다.

이젠 됐어. 만사가 해결되고 말았어. 어째선지 이런 믿음이 생기면서 너무나 기쁜 마음에, 감색 옷을 입은 아직 스무 살도 채 안 된 젊은 손님의 손목을 다짜고짜 힘껏 붙잡고,

"마시자고요! 네? 마시자고요. 크리스마스잖아요!"

3

겨우 삼십 분, 아니에요, 훨씬 더 빨리, 어머? 하고 놀랐을 만치 빨리, 가게 주인이 혼자 돌아와 제 곁에 다가서더니,

"사모님, 고맙습니다. 돈은 돌려받았습니다."

"그래요? 다행이네요. 전부?"

가게 주인은 묘한 웃음을 짓고,

"예. 어제, 그 몫만큼만."

"지금까지 전부 다, 얼마예요? 대충, 크게 깎고 깎아서."

"2만 엔."

"그거뿐이에요?"

"크게 깎고 깎았습니다."

"갚아 드리지요. 아저씨, 내일부터 저를 여기서 일하게 해 주실래요? 네? 그렇게 해요! 일해서 갚을게요."

"예에? 사모님, 엉뚱한 오카루[5]군요!"

우리는 소리 맞춰 웃었습니다.

그날 밤 10시경, 저는 나카노 가게를 나와 아이를 업고 고가네이의 우리 집으로 돌아갔습니다. 역시 남편은 돌아오지 않았지만, 그래도 저는 태연했습니다. 내일 다시 그 가게에 가면 남편을 만날지도 몰라. 어째서 난 지금껏, 이렇게 멋진 생각을 떠올리지 못했을까? 어제까지의 내 고생도 결국은 내가 바보라서 이런 묘안을 생각해 내지 못한 탓이야. 나도 예전엔 아사쿠사의 아버지

---

5   일본 전통 연극 가부키의 고전 주신구라(忠臣藏)에 나오는 인물. 남편에게 필요한 금전을 벌기 위해 유곽으로 들어간다.

포장마차에서 손님 접대가 결코 서툴지 않았으니까, 앞으로 그 나카노 가게에서 분명 눈치 빠르게 잘 처신할 게 틀림없어. 실제로 오늘 밤에도 난, 팁을 500엔 가까이 받았잖아.

가게 주인의 이야기에 따르면, 남편은 어젯밤 그 일 뒤로 어딘가 지인의 집에 가서 묵은 모양입니다. 그러고 나서 오늘 아침 일찍 그 예쁜 부인이 운영하는 교바시의 바를 느닷없이 찾아가 아침부터 위스키를 마시고 그 가게에서 일하는 여자아이 다섯 명에게 크리스마스 선물이라며 마구잡이로 돈을 주어 버리고, 그러고는 정오 무렵 택시를 불러 달라고 해 어딘가로 가더니, 잠시 후 크리스마스 삼각 모자며 가면이며 장식 케이크며 칠면조까지 갖고 들어와서는, 사방에 전화를 걸게 해 지인분들을 불러 모아 엄청난 연회를 베풀었습니다. 늘 돈이라곤 전혀 없는 사람이건만, 하고 바의 마담이 수상히 여겨 넌지시 캐어물었더니 남편은 태연스레 어젯밤 일을 미주알고주알 그대로 말하기에, 그 마담도 전부터 오타니와는 타인 사이는 아닌가 봐요, 어쨌건 그 일이 경찰 사건이 돼서 시끄럽게 커지는 것도 재미없으니 돌려줘야 한다고 정성껏 일러, 돈은 그 마담이 대신 치르게 돼서 남편의 안내를 받아 나카노 가게를 찾아왔다고 합니다. 나카노 가게 주인은 저를 향해,

"대강 그러려니 짐작은 했지만, 한데 사모님, 용케도 그 방면으로 생각이 미쳤군요. 오타니 씨 친구분께라도 부탁했습니까?"

역시나 제가, 처음부터 이렇게 돌아올 거라 내다보고 이 가게에 앞질러 와서 기다리고 있었던 것처럼 생각하는 듯한 말투였기 때문에 저는 웃으며,

"네, 그야 뭐."

이렇게만 대답해 두었습니다.

그 이튿날부터 저의 생활은 지금까지와는 전혀 다른, 들뜨고 즐거운 것이 되었습니다. 당장 미용실에 가서 머리 손질도 했고 화장품도 두루 갖추고 기모노를 새로 짓기도 하고 또 아주머니한테서 하얀 새 버선을 두 켤레나 받아, 지금까지의 가슴속 괴로운 생각이 말끔히 씻겨 내려간 느낌이었습니다.

아침에 일어나 아이와 둘이서 밥을 먹고, 그런 다음 도시락을 준비해 아이를 업고 나카노로 출근하게 되었습니다. 섣달그믐, 설날은 가게의 벌이가 좋은 대목 때라서, 쓰바키야의 '삿짱', 이건 가게에서 부르는 제 이름입니다만, 그 삿짱은 매일 눈이 핑핑 돌 정도로 아주 바빴습니다. 이틀에 한 번쯤은 남편도 마시러 와서 계산을 제게 시키고는 다시 휙 사라졌다가, 밤늦게 제 가게에 잠깐 들러,

"갈까요?"

살짝 말하면 저도 끄덕이고 돌아갈 채비를 시작해서, 함께 즐겁게 집으로 돌아오는 일도 자주 있었습니다.

"어째서, 처음부터 이렇게 하지 않았을까요? 전 너무 행복해요."

"여자에겐, 행복도 불행도 없는 법입니다."

"그래요? 듣고 보니 그런 것 같기도 한데, 그럼 남자는 어떤데요?"

"남자에겐 불행만 있습니다. 늘 공포와 싸울 뿐입니다."

"잘 모르겠어요, 전. 하지만 언제까지나 저는, 이런 생활을 계속해 나가고 싶어요. 쓰바키야의 아저씨도 아주머니도 아주 좋은 분들이거든요."

"바보예요, 그 사람들은. 시골뜨기라고. 게다가 엄청 욕심쟁이. 나한테 술을 먹여, 결국 한몫 볼 작정인 거지."

"그야 장사니까요, 당연해요. 한데, 그것만은 아니잖아요? 당신은 그 아주머니를, 슬쩍했죠?"

"오래전. 가게 주인은 어때? 눈치챘어?"

"훤히 알고 있나 봐요. 애인도 생기고, 빚도 생기고. 언젠가 한숨 섞어 이렇게 말하던걸요."

"난 말이지, 아니꼽게 들리겠지만, 죽고 싶어서, 어찌할 도리가 없습니다. 태어났을 때부터 죽는 것만 생각했지.

모두를 위해서도, 죽는 편이 낫습니다. 그건 뭐, 확실해.
그런데도 좀체 죽지 않아. 이상한, 무서운 하느님 같은
분이, 내가 죽는 걸 말립니다.”

“일이 있으니까.”

“일 따윈, 아무것도 아닙니다. 걸작도 졸작도
없습니다. 사람들이 좋다고 하면 좋아지고, 나쁘다고 하면
나빠집니다. 바로 날숨과 들숨 같은 겁니다. 무시무시한
건, 이 세상 어딘가에 신이 있다, 라는 사실입니다.
있겠지요?”

“네?”

“있겠지요?”

“전, 모르겠어요.”

“그래.”

열흘, 이십 일, 가게에 다니는 사이, 저는 쓰바키야에
술을 마시러 오는 손님들이 한 명도 빠짐없이
범죄인뿐이라는 사실을 차츰 깨달았습니다. 남편 정도는
아직 한참, 착한 편이라고 생각하게 되었습니다. 또한
가게 손님뿐만 아니라 길을 걷고 있는 사람들 모두, 뭔가
틀림없이 뒤가 켕기는 죄를 숨기고 있는 듯 여겨졌습니다.
멋들어지게 차려입은 쉰 살 남짓한 부인이 쓰바키야 부엌
쪽으로 술을 팔러 와서, 한 되에 300엔, 분명히 말하기에
그 가격은 요즘 시세치곤 싼 편이라서 아주머니가

곧바로 사들였는데, 물 탄 술이었습니다. 그토록 고상해 보이는 부인조차 이런 짓을 꾸미지 않을 수 없게 되어 버린 세상에서, 내 몸에 뒤가 켕기는 구석이 하나도 없이 살아가는 건 불가능하다고 생각했습니다. 트럼프 놀이처럼, 마이너스를 전부 모으면 플러스로 바뀐다는 건, 이 세상 도덕에는 일어날 수 없는 일일까요?

신이 있다면, 나와 보세요! 저는 정월 마지막 날, 가게 손님에게 더럽혀졌습니다.

그날 밤은 비가 내렸습니다. 남편은 나타나지 않았지만 남편이 예전부터 알고 지내는 출판 쪽 분으로 가끔 제게 생활비를 전해 주시던 야지마 씨가, 동업자로 보이는, 역시 야지마 씨 연배로 마흔 정도 된 분과 함께 오셨습니다. 술을 마시며 두 분이 큰 소리로, 오타니 마누라가 이런 데서 일하는 건 바람직하지 않다느니 바람직하다느니, 거의 농담 삼아 주고받습니다. 저는 웃으면서,

"그 부인은 어디 계신가요?"

물었더니 야지마 씨는,

"어디 있는지는 모르지만, 적어도 쓰바키야 삿짱보다는 고상하고 예쁘지."

그러기에,

"샘나요! 오타니 씨 같은 사람이라면, 전 하룻밤이라도

좋으니, 곁에 있고 싶어요. 난 그런, 약은 사람이 좋아!"

"이렇다니까."

야지마 씨는 동행분 쪽으로 얼굴을 돌린 채, 입술을 삐죽거려 보였습니다.

그 무렵은 제가 오타니라는 시인의 아내라는 사실이, 남편과 함께 찾아오는 기자분들에게도 알려져 있었고, 또 그분들한테 듣고 일부러 저를 놀릴 작정으로 오시는 별난 분들도 있어서 가게는 점점 와자지껄해지는 터라, 가게 주인의 기분도 마침내 그리 언짢아 보이지는 않았습니다.

그날 밤 그러고 나서 야지마 씨 일행이 종이 암거래 관련 이야기를 나누고 돌아간 건 10시쯤이고, 저도 오늘 밤은 비도 오고 남편도 나타날 것 같지 않았기 때문에 손님이 아직 한 명 남아 있었지만 슬슬 돌아갈 채비를 시작하고, 구석진 방 한쪽에서 자고 있는 아이를 안아 올려서 업고,

"또, 우산 좀 빌릴게요."

나직이 아주머니에게 부탁하는데,

"우산이라면, 나도 갖고 있어요. 바래다 드리죠."

가게에 홀로 남아 있던 스물대여섯 남짓한, 마른 데다 자그마한 몸집에 직공인 듯한 손님이 진지한 낯으로 일어섰습니다. 제게는 오늘 밤 처음 보는 손님이었습니다.

"죄송해요. 혼자 걷는 건 익숙하거든요."

"아니, 댁이 멀잖아요. 알고 있어요. 나도 고가네이
그 근처 사람입니다. 바래다 드리죠. 아주머니, 계산
부탁해요."

가게에서는 세 병 마셨을 뿐이라, 그다지 취한 것 같진
않았습니다.

함께 전차를 타고 고가네이에서 내려, 그러고는 비
내리는 캄캄한 길을, 나란히 우산 하나를 같이 받으며
걸었습니다. 그 젊은이는 그때까지 거의 말이 없다가
띄엄띄엄 말하기 시작했는데,

"알고 있습니다. 저는요, 그 오타니 선생님의 시
팬이에요. 저도 시를 쓰고 있습니다만. 조만간 오타니
선생님께 보여 드릴 생각이었는데요. 아무래도 그 오타니
선생님이 무서워서."

집에 도착했습니다.

"고마웠습니다. 그럼 또, 가게에서."

"네, 잘 가요."

젊은이는 빗속을 돌아갔습니다.

한밤중, 덜커덩 현관문이 열리는 소리에 잠을 깼는데,
여느 때처럼 남편이 만취해서 돌아왔구나 싶어 그대로
잠자코 누워 있었더니,

"실례합니다. 오타니 씨, 실례합니다!"

남자 목소리였습니다.

일어나 전등을 켜고 현관으로 나가 보니, 아까의
젊은이가 제대로 몸을 가누기 힘들 정도로 비틀거리며,

"사모님, 죄송합니다. 돌아가는 길에 또 포장마차에서
한잔해 가지고, 사실은요, 우리 집은 다치카와인데요,
역으로 가 봤더니 벌써, 전차가 없어요. 사모님,
부탁합니다. 재워 주세요. 이불도 아무것도 필요 없어요.
이 현관 마루라도 좋아요. 내일 아침 첫차가 나갈 때까지
등걸잠이라도 재워 주세요. 비만 오지 않으면 어디
처마 밑에서라도 자겠는데, 이런 비에 그럴 수도 없고.
부탁합니다."

"남편도 집에 없고, 이런 현관 마루에서 괜찮으시다면
그러세요."

저는 말하고, 낡은 방석 두 장을 마루로 갖다
주었습니다.

"미안합니다. 아아, 취했다!"

괴로운 듯 나직이 말하기 바쁘게 그대로 현관 마루에
드러누웠고, 제가 이부자리로 돌아갔을 때는 이미 코 고는
소리가 높이 들렸습니다.

그리고 그 이튿날 새벽녘, 저는 어이없이 그 남자의
손에 들어가고 말았습니다.

그날도 저는 겉으로는 전혀 다름없이 아이를 업고
가게에 일하러 나갔습니다.

나카노 가게의 토방에서 남편이, 술이 든 컵을 테이블 위에 놓고 혼자 신문을 읽고 있었습니다. 컵에 오전 햇살이 비쳐, 예쁘다고 생각했습니다.

"아무도 없어요?"

남편은 제 쪽을 돌아보며,

"응. 가게 주인은 아직 물건 들이러 가서 안 돌아왔고, 아주머니는 방금 전까지 부엌 쪽에 있는 것 같았는데, 없습니까?"

"간밤엔, 안 오셨어요?"

"왔습니다. 쓰바키야의 삿짱 얼굴을 안 보면 요즘 잠을 못 자서 말이지, 10시쯤 이곳에 들렀더니, 지금 막 돌아갔습니다, 그러더군."

"그래서요?"

"묵어 버렸습니다, 여기서. 비는 좍좍 쏟아지고."

"저도 이제부턴, 이 가게에서 쭉 묵을까 봐요."

"좋겠지요, 그것도."

"그럴래요. 그 집을 언제까지나 빌리는 건, 의미 없어요."

남편은 말없이 다시 신문에 눈길을 쏟고,

"야아! 또 내 험담을 써 놨군. 에피큐리언[6] 가짜

---

6   epicurean. 쾌락주의자. 향락주의자.

귀족이라잖아. 이건 틀렸어. 신을 두려워하는 에피큐리언,
이렇게라도 말하면 좋을 텐데. 삿짱, 보라고! 여기 나를
가리켜 비(非)인간 어쩌고 써 놨잖아. 그건 아니지! 난
지금에야 말하는데, 지난해 세밑에 말이야, 여기서
5000엔 갖고 나간 건, 삿짱하고 아이에게, 그 돈으로
오랜만에 멋진 설날을 보내게 해 주고 싶었던 거라고요!
비인간이 아니니까, 그런 짓도 저지르는 거예요.”

　저는 딱히 기쁘지도 않고,

　“비인간인들 뭐 어때서요? 우린, 살아 있기만 하면
돼요!”

　이렇게 말했습니다.

인간 실격

다자이가 처음으로 '타인 지향적' 태도에서 벗어나 자기 자신의 예술적 자서전을 시도하는 과정에서, 본문에 나오듯 "음산한 도깨비" 같은 자화상이 그대로 드러난 작품이다. 오직 순수함만을 갈망하던 젊은이가 결국 모든 것에 배반당한 채 인간 실격자가 되어가는 내용의 이 소설은 타산과 체면으로 영위되는 인간사에 대한 예리한 고발이라고 할 수 있다. 1948년, 생애 마지막으로 발표한 완성작.

인간 실격

서문

　　나는 그 사나이의 사진 석 장을 본 적이 있다.

　　한 장은 그 사나이의 유년 시절이라고나 해야 할까, 열 살 전후로 추정되는 때의 사진인데, 굵은 줄무늬 바지 차림으로 여러 여자들에게 둘러싸여(그 아이의 누나들, 누이동생들, 그리고 사촌 동생들로 생각된다.) 정원 연못가에 서서 고개를 왼쪽으로 삼십 도쯤 갸우뚱 기울이고 보기 흉하게 웃고 있다. 보기 흉하게? 아니다. 둔감한(미추 따위에 관심이 없는) 사람이라면 그냥 지나가는 말로 "귀여운 도련님이군요."라고 적당히 사탕발림을 해도 괜한 공치사로 들리지는 않을 만큼, 말하자면 통속적인 '귀염성' 같은 것이 그 아이의 웃는 얼굴에 전혀 없는 것은 아니다. 그러나 미추에 대한 감식안이 조금이라도 있는 사람이라면 언뜻 보기만 해도 몹시 기분 나쁘다는 듯이 "정말 섬뜩한

아이군.” 하면서 송충이라도 털어 내듯 그 사진을 내던져
버릴지도 모른다.

정말이지 그 아이의 웃는 얼굴은 자세히 보면 볼수록
뭐라 표현할 수 없는 섬뜩하고 으스스한 기운이 느껴지는
것이다. 애당초 그건 웃는 얼굴이 아니다. 이 아이는 전혀
웃고 있지 않다. 그 증거로 아이는 양손을 꽉 쥐고 서
있다. 사람이란 주먹을 꽉 쥔 채 웃을 수는 없는 법이다.
그것은 원숭이다. 웃고 있는 원숭이다. 그저 보기 싫은
주름을 잔뜩 잡고 있을 뿐이다. ‘주름투성이 도련님’이라고
부르고 싶어질 만큼 정말이지 괴상한, 왠지 추하고 묘하게
욕지기를 느끼게 하는 표정의 사진이었다. 나는 지금까지
그렇게 괴상한 표정의 소년을 본 적이 한 번도 없다.

두 번째 사진 속의 얼굴. 그건 또 깜짝 놀랄 만큼
변해 있다. 교복 차림이다. 고교 시절 사진인지 대학 시절
사진인지는 분명치 않지만 어쨌든 대단한 미남이다.
그러나 그것 또한 이상하게도 사람이라는 느낌이 전혀
들지 않는다. 교복 왼쪽 가슴에 있는 주머니에 하얀
손수건을 꽂은 채 등의자에 걸터앉아 다리를 꼬고,
이번에도 역시 웃고 있다. 이번 미소는 주름투성이의
원숭이 웃음이 아니라 꽤 능란한 미소가 되어 있지만,
그래도 인간의 웃음이라고 하기에는 어딘지 걸린다.

피의 무게랄까 생명의 깊은 맛이랄까, 그런 충실감이
전혀 없는, 새처럼 가벼운 것이 아니라 그야말로
깃털처럼 가벼운 웃음이다. 그냥 하얀 종이 한 장처럼
웃고 있다. 즉 하나부터 열까지 꾸민 듯한 느낌이 드는
것이다. 겉멋이 잔뜩 들었다고 하기에는 뭔가 부족하다.
경박하다고 하기도 그렇다. 교태를 부리고 있다고 하는
것도 부적절하다. 멋쟁이라고 하는 것도 물론 부적합하다.
게다가 자세히 뜯어보면 여자 같은 미모를 가진 이
학생한테서 어딘지 악몽 비슷한 섬뜩함이 느껴지는
것이었다. 나는 지금까지 그렇게 이상한 미남을 본 적이 한
번도 없다.

또 다른 한 장의 사진이 가장 기괴하다. 이제는
나이를 짐작할 수도 없을 정도다. 머리는 희끗희끗하다.
그런 남자가 몹시 더러운 방(방 벽이 세 군데 정도 허물어져
내린 것이 그 사진에 뚜렷하게 찍혀 있었다.) 한쪽 구석에서
작은 화롯불에 양손을 쪼이고 있는데, 이번에는 웃고
있지 않다. 아무런 표정이 없다. 말하자면 쭈그리고
앉아 화롯불에 양손을 쪼이다가 그냥 그대로 죽어 간
것 같은, 정말로 기분 나쁘고 불길한 냄새를 풍기는
사진이다. 이상한 것은 그뿐이 아니다. 그 사진에는
얼굴이 비교적 크게 찍혀 있어서 남자의 생김새를 자세히

살펴볼 수가 있었는데 이마도 평범하고, 이마의 주름도
평범하고, 눈썹도 평범하고, 눈도 평범하고, 코도 입도
턱도 평범했다……. 아아, 그 얼굴에는 표정이 없을 뿐만
아니라 인상조차 없었다. 특징이 없는 것이다. 예컨대 내가
그 사진을 보고 나서 눈을 감았다고 치자. 나는 이미 그
얼굴을 잊어버렸다. 방 벽과 작은 화로는 생각나지만 방
주인의 얼굴은 안개가 스러지듯 사라져서 아무리 애를
써도 떠오르지 않는다. 그림이 그려지지 않는 얼굴이다.
만화조차도 안 된다. 눈을 뜬다. 아아, 이런 얼굴이었지.
이제 생각났다. 이런 기쁨조차 없다. 극단적으로 말하면
눈을 뜨고 사진을 다시 봐도 생각나지 않는 얼굴이다.
마냥 역겹고 짜증 나고, 나도 모르게 눈길을 돌리고
싶어진다.

　　소위 '죽을상'이라는 것에도 뭔가 표정이라든가
인상이라든가 그런 것이 있을 텐데. 사람 몸뚱이에 짐 끄는
말의 목이라도 갖다 붙이면 이런 인상이 되려나? 어쨌든
딱히 무엇 때문이랄 수도 없이 보는 사람을 섬뜩하고
역겹게 한다. 나는 지금까지 그렇게 기묘한 얼굴의 남자를
본 적 역시 한 번도 없다.

첫 번째 수기

부끄럼 많은 생애를 보냈습니다.

저는 인간의 삶이라는 것을 도무지 이해할 수 없습니다. 저는 동북 지방의 시골에서 태어났기 때문에 꽤 자란 다음에야 기차를 처음 보았습니다. 정거장에 있는 육교를 올라갔다 내려갔다 하면서도 그것이 선로를 건너기 위해 만들어졌다는 사실은 전혀 생각 못 하고 그저 정거장 구내를 외국의 놀이터처럼 복잡하고 즐겁고 세련되게 만들기 위해 설치된 것이라고만 믿었습니다. 그것도 꽤 오랫동안 그렇게 믿었던 것입니다. 계단을 올라갔다 내려갔다 하는 일이 저에게는 퍽이나 세련된 놀이로 생각되었고, 철도청이 제공하는 서비스 중에서도 가장 괜찮은 서비스 중 하나라고 생각했습니다. 나중에 그것이 단순히 손님들이 선로를 건너다닐 수 있도록 만들어진 극히 실용적인 계단에 지나지 않는다는 사실을 알고 나서는 단박에 흥이 깨졌습니다.

또 어릴 적에 그림책에서 지하철이라는 것을 보았을 때도, 그것 또한 실용적인 필요 때문에 고안된 것이 아니라 지상에서 차를 타기보다는 지하에서 차를 타는 편이 별나고 재미있는 놀이니까라고만 생각했습니다.

저는 어렸을 때부터 몸이 약해서 자주 병치레를 했습니다. 자리에 누워서 요 커버, 베갯잇, 이불 홑청은 정말이지 쓸데없는 장식품이라고만 생각했는데 뜻밖에도 그것이 실용적인 물건이라는 사실을 스무 살 가까이 되어서야 알게 되었고, 곧 인간의 알뜰함에 암담해지고 서글퍼졌습니다.

또 저는 배고픔이라는 것을 몰랐습니다. 아니, 그건 제가 의식주가 넉넉한 집안에서 자랐다는 그런 시건방진 뜻이 아니고, '공복'이라는 감각이 어떤 것인지 전혀 알 수가 없었던 것입니다. 이상하게 들리겠지만 저는 배가 고파도 그걸 느끼지 못했습니다. 초등학교, 중학교 때 제가 학교에서 돌아오면 집안사람들이 "저런, 배고프지? 우리도 그랬거든. 학교에서 돌아왔을 때처럼 배고픈 때가 없지. 단 콩은 어때? 카스텔라도 빵도 있단다."라는 둥 법석을 떨었기 때문에 저는 천부적인 아부 정신을 발휘해 아아 배고파 하고 중얼거리고는, 설탕에 절인 콩을 열 알 정도 입에 집어넣었습니다. 그렇지만 공복감이라는 것이 어떤 것인지는 전혀 몰랐습니다.

물론 저도 꽤 잘 먹었습니다. 그러나 배가 고파서 뭔가를 먹은 기억은 거의 없습니다. 특별나다고 생각되는 것, 고급스럽다고 생각되는 것을 먹었습니다. 또 남의 집에 가서 대접받을 때에는 억지로라도 대개 다 먹었습니다. 그래서 어렸을 때 제가 가장 고통스러웠던 시간은 우리 집 식사 시간이었습니다. 제 시골집에서는 열 명 정도 되는 가족 전부가 독상을 두 줄로 마주 보게 늘어놓고 밥을 먹었습니다. 막내인 저는 물론 제일 말석이었습니다. 식사하는 방은 어둠침침했고 점심 같은 때 열 명 남짓 되는 가족이 그저 묵묵히 밥을 먹는 모습은 저에게 언제나 으스스한 느낌이 들게 했습니다. 게다가 시골의 고풍스러운 집안이었기 때문에 반찬도 대체로 정해져 있어서 별난 것, 고급스러운 것 등은 생각도 할 수 없었고, 저에게는 식사 시간이 점점 더 끔찍하게 느껴졌습니다. 지는 그 어두컴컴한 방의 말석에서 추위에 덜덜 떠는 듯한 기분으로 밥알을 조금씩 입으로 가져다가 쑤셔 넣으며 이렇게 생각하곤 했습니다. 인간이라는 존재는 왜 하루 삼시 세끼 밥을 먹는 것일까. 정말 모두들 엄숙한 얼굴로

먹고 있군. 이것도 일종의 의식 같은 것이어서, 가족이
삼시 세끼 시간을 정해 놓고 어두컴컴한 방에 모여 밥상을
순서대로 늘어놓고 먹고 싶지 않아도 고개를 숙이고
말없이 밥알을 씹는 것은 집 안에서 꿈틀거리고 있는
영혼들에게 기도하는 행위가 아닐까.

　　밥을 안 먹으면 죽는다는 말은 저에게는 그저
듣기 싫은 위협으로밖에는 들리지 않았습니다. 그
미신은(지금까지도 저에게는 뭔가 미신처럼 느껴집니다.) 그러나
언제나 저에게 불안과 공포를 안겨 주었습니다. 인간은
먹지 않으면 죽는다. 그러니까 일해서 먹고살아야 한다는
말만큼 저에게 난해하고 어렵고 협박 비슷하게 울리는
말은 없었습니다.
　　즉 저에게는 '인간이 목숨을 부지한다.'라는 말의
의미가 그때껏 전혀 이해되지 않았다는 얘기가 될 것
같습니다. 제가 가진 행복이라는 개념과 이 세상 사람들의
행복이라는 개념이 전혀 다를지도 모른다는 불안. 그 불안
때문에 저는 밤이면 밤마다 전전하고 신음하고, 거의
발광할 뻔한 적도 있습니다. 저는 과연 행복한 걸까요?
저는 어릴 때부터 참 행운아라는 말을 정말이지 자주
들어왔습니다. 하지만 저 자신은 언제나 지옥 가운데서
사는 느낌이었고, 오히려 저더러 행복하다고 하는

사람들 쪽이 저와 비교도 되지 않을 만큼 훨씬 더 안락해 보였습니다.

나한테는 재난 덩어리가 열 개 있는데 그중 한 개라도 이웃 사람이 짊어지게 되면 그것만으로도 그 사람에게는 충분히 치명타가 되지 않을까 하고 생각한 적도 있습니다.

즉 알 수가 없었습니다. 이웃 사람들의 괴로움의 성질과 정도라는 것이 전혀 짐작이 가지 않았던 것입니다. 실용적인 괴로움, 그저 밥만 먹을 수 있으면 그것으로 해결되는 괴로움. 그러나 그 괴로움이야말로 제일 지독한 고통이며 제가 지니고 있는 열 개의 재난 따위는 상대도 안 될 만큼 처참한 아비지옥일지도 모릅니다. 잘 모르겠습니다. 그러나 그런 것치고는 자살도 하지 않고 미치지도 않고 정치를 논하며 절망도 하지 않고 좌절하지도 않고 살기 위한 투쟁을 잘도 계속하고 있다. 그렇다면 괴롭지 않은 게 아닐까? 그런 사람들은 철저한 이기주의자가 되는 것이 당연한 일이라고 확신하고 한 번도 자기 자신에게 회의를 느껴 본 적이 없는 것은 아닐까? 그러면 편하겠지. 하긴 인간이란 전부 다 그런 거고 그렇다면 만점인 게 아닐까. 모르겠다……. 밤에는 푹 자고 아침에는 상쾌할까? 어떤 꿈을 꿀까? 길을 걸으면서 무엇을 생각할까? 돈? 설마 그것만은 아니겠지. 인간은 먹기 위해 산다는 말은 들은 적이 있지만 돈 때문에 산다는 말은 들은 적이 없어. 아닐 거야. 그러나 어쩌면……
아니, 그것도 알 수 없지…….

그래서 생각해 낸 것이 익살이었습니다.

생각하면 할수록 사람이라는 존재를 알 수가
없어졌고, 저 혼자 별난 놈인 것 같은 불안과 공포가
엄습할 뿐이었습니다. 저는 이웃 사람하고 거의 대화를 못
나눕니다. 무엇을 어떻게 말하면 좋을지 모르는 것입니다.

그것은 인간에 대한 저의 최후의 구애였습니다. 저는
인간을 극도로 두려워하면서도 아무래도 인간을 단념할
수가 없었던 것 같습니다. 그렇게 해서 익살이라는 가는
실로 간신히 인간과 연결될 수 있었던 것입니다. 겉으로는
늘 웃는 얼굴을 하고 있지만 속으로는 필사적인, 그야말로
천 번에 한 번밖에 안 되는 기회를 잡아야 하는 위기일발의
진땀 나는 서비스였습니다.

저는 어렸을 때부터 가족에 대해서조차도 그들이
얼마나 힘들어하고 또 무엇을 생각하며 살고 있는지
전혀 짐작할 수가 없었습니다. 그저 두렵고 거북해서
그 어색함을 못 이긴 나머지 일찍부터 숙달된 익살꾼이
되었습니다. 즉 어느 틈에 진실을 단 한마디도 이야기하지
않는 아이가 되어 버린 것입니다.

그 당시 가족과 함께 찍은 사진 따위를 보면 다른

사람들은 모두 진지한 얼굴을 하고 있는데 저 혼자 언제나
기묘하게 얼굴을 일그러뜨리고 웃고 있습니다. 그것 또한
제 어린 소견에 따른 일종의 서글픈 익살이었던 것입니다.

　　또 저는 가족한테 꾸중을 듣고 말대꾸한 적이 한 번도
없습니다. 사소한 꾸중은 저에게는 청천벽력과도 같아
저를 미칠 지경에 이르게 했기 때문에 말대꾸는커녕 그
꾸중이야말로 말하자면 만세일계(萬世一系), 즉 고대로부터
단일 계통을 이어온 일본인의 '진리'임이 틀림없다, 그런데
나는 그 진리를 행할 능력이 없으니까 더 이상 인간과
더불어 살 수 없는 게 아닐까 하고 확신해 버린 것입니다.
그래서 저는 말싸움도 자기변명도 하지 못했습니다. 남이
저에게 욕을 하면 그래 정말이야, 내가 엄청 잘못 생각하고
있었어, 이렇게 생각되어서 언제나 그 공격을 잠자코
받아들이고 속으로는 미칠 듯한 공포를 느꼈습니다.

　　누구든 남이 비난을 퍼붓거나 화를 낼 때 기분이 좋을
사람은 없겠습니다만, 저는 화를 내는 인간의 얼굴에서
사자보다도, 악어보다도, 용보다도 더 끔찍한 동물의
본성을 보는 것이었습니다. 평상시에는 본성을 숨기고
있다가 어떤 순간에, 예컨대 소가 풀밭에서 느긋하게
자고 있다가 갑자기 꼬리로 배에 앉은 쇠등에를 탁 쳐서
죽이듯이 갑자기 무시무시한 정체를 노여움이라는 형태로
드러내는 모습을 보면 저는 언제나 머리털이 곤두서는

듯한 공포를 느꼈습니다. 그리고 그런 본성 또한 인간이 되는 데 필요한 자격 중 하나일지도 모른다고 생각하면 저 자신에 대한 절망감에 휩싸이곤 했습니다.

늘 인간에 대한 공포에 떨고 전율하고 또 인간으로서의 제 언동에 전혀 자신을 갖지 못하고 자신의 고뇌는 가슴속 깊은 곳에 있는 작은 상자에 담아 두고 그 우울함과 긴장감을 숨기고 또 숨긴 채 그저 천진난만한 낙천가인 척 가장하면서 저는 익살스럽고 약간은 별난 아이로 점차 완성되어 갔습니다.

무엇이든 상관없으니 웃게만 만들면 된다. 그러면 인간들은 그들이 말하는 소위 '삶'이라는 것 밖에 내가 있어도 그다지 신경 쓰지 않을지도 몰라. 어쨌든 인간들의 눈에 거슬려서는 안 돼. 나는 무(無)야. 바람이야. 텅 비었어. 이런 생각만 강해져서 저는 익살로 가족을 웃겼고, 또 가족보다 더 불가사의하고 무시무시한 머슴이랑 하녀들한테까지도 필사적으로 익살 서비스를 했던 것입니다.

저는 한여름에 홑겹 여름옷 안에 빨간 스웨터를 껴입고 복도를 걸어 다녀서 식구들을 웃겼습니다. 좀처럼 웃지 않는 큰형까지도 그런 저를 보고는 웃음을 터뜨리며 "요조, 그건 안 어울려."라고 귀여워 죽겠다는 듯이 말했습니다. 뭐 저도 한여름에 스웨터를 입고 다닐 만큼

더위 추위를 못 가리는 기인은 아닙니다. 실은 누나의
레깅스를 양팔에 끼고 유카타[1] 소매 밖으로 내보여
스웨터를 껴입고 있는 것처럼 보이게 했던 것입니다.

저희 아버지는 도쿄에 볼일이 많은 분이셨기 때문에
우에노의 사쿠라기 동에 집을 갖고 계셨고, 한 달 중
태반은 도쿄에 있는 그 집에서 지내셨습니다. 그리고
돌아오실 때마다 가족 모두에게, 또 친척들한테까지
정말이지 엄청나게 많은 선물을 사 들고 오시는 것이
말하자면 아버지의 취미 같은 것이었습니다.

언젠가 도쿄로 가시기 전날 밤, 아버지는 아이들을
손님방에 모아 놓고 이번에는 어떤 선물이 좋을지 한 사람
한 사람한테 웃으며 물으시고 아이들의 대답을 일일이
수첩에 적으셨습니다. 아버지가 아이들을 그렇게 친밀하게
대하시는 것은 드문 일이었습니다.

"요조는?"

아버지가 물으셨을 때 저는 우물쭈물하다가 대답을
못 하고 말았습니다.

뭐가 갖고 싶지? 하고 누가 물으면 그 순간 저는 갖고
싶은 것이 아무것도 없어져 버리곤 했습니다. 아무래도
상관없어. 어차피 나를 즐겁게 해 줄 것 따위는 없어. 그런

---

1   여름에 입는 홑겹 옷.

생각이 꿈틀 일어났던 것입니다. 그러면서도 남이 준 것은
아무리 제 취향에 맞지 않아도 거절하지 못했습니다.
싫은 것을 싫다고 하지 못하고, 또 좋아하는 것도 뭔가를
훔치듯이 쭈뼛쭈뼛 전혀 즐기지 못하고, 그러고는
표현할 길 없는 공포에 몸부림쳤습니다. 즉 저에게는
양자택일하는 능력조차도 없었던 것입니다. 이것은 훗날
저의 소위 '부끄럼 많은 생애'의 큰 원인이 된 성격의
하나였던 것 같습니다.

　제가 입을 다문 채 우물쭈물하고 있으니까 아버지는
조금 불쾌한 얼굴이 되었습니다.

　"역시 책인가? 아사쿠사 절 앞에 있는 장난감
가게에서 아이들이 쓰고 놀기 알맞은 크기의 정월 사자춤
탈을 팔고 있던데 갖고 싶지 않으냐?"

　갖고 싶지 않으냐는 말을 들었다면 다 틀려 버린
겁니다. 익살스러운 대답이든 뭐든 못 하게 된 것이지요.
익살꾼 노릇은 완전히 낙제입니다.

　"책이 좋겠죠."

　큰형이 진지한 얼굴로 말했습니다.

　"그래?"

　아버지는 흥이 깨진 얼굴로 적지도 않고 수첩을 탁
덮으셨습니다.

　이 무슨 실수람. 내가 아버지를 화나게 했어. 아버지의

복수는 틀림없이 끔찍할 거야. 늦기 전에 어떻게든 수습을
해야 할 텐데. 그날 밤 이불 속에서 부들부들 떨면서
생각하던 저는 살그머니 일어나 손님방에 가서 아버지가
아까 수첩을 집어넣으신 서랍을 열고 수첩을 꺼내 드르륵
페이지를 넘겨서는 선물 목록이 기입된 곳을 찾아내
수첩에 달린 연필에 침을 묻혀 '사자춤'이라고 써 두고
잤습니다. 저는 그 사자 탈이 전혀 갖고 싶지 않았습니다.
숫제 책이 나았습니다. 그렇지만 아버지가 그 사자 탈을
저한테 사 주고 싶어 하신다는 사실을 깨닫고 아버지의
뜻을 따름으로써 아버지를 기분 좋게 해 드리고 싶은
일념에 한밤중에 감히 손님방에 몰래 숨어드는 모험을
감행했던 것입니다.

　　과연 저의 비상수단은 예상했던 대로 대성공을
거두었습니다. 이윽고 아버지가 도쿄에서 돌아오셨을
때 어머니한테 큰 소리로 말씀하시는 것을 저는 방에서
들었습니다.

　　"그 아사쿠사 절 앞에 있는 장난감 가게에서 이 수첩을
열어 보았더니, 이것 좀 봐요, 이렇게 사자춤이라고 씌어
있지 않겠어? 이건 내 글씨가 아닌데, 응? 하고 의아해하다
생각이 미쳤지. 이것은 요조의 장난이오. 그 녀석 내가
물었을 때는 히죽히죽 웃고만 있더니 나중에 아무래도
사자 탈이 갖고 싶어서 견딜 수가 없었던 게요. 뭐니 뭐니

해도 녀석은 조금 별나니까 말이오. 모른 척해 놓고는
여기에 이렇게 또박또박 써 놨더라고. 그렇게 갖고 싶으면
그렇다고 하면 될 텐데. 나는 장난감 가게 앞에서 웃음을
터뜨렸지. 요조를 빨리 이리 오라고 해요."

또 저는 머슴이나 하녀들을 서양식 방에 모아 놓고
머슴 한 사람에게 되는대로 피아노 건반을 두드리게
하고는(시골이기는 했습니다만 우리 집에는 대체로 모든 것이
갖춰져 있었습니다.) 그 엉터리 곡에 맞추어 인디언 춤을 춰
보여서 사람들을 웃겼습니다. 둘째 형은 사진기 플래시를
터뜨리며 인디언 춤을 추는 제 모습을 찍었고, 현상된
사진을 나중에 보니 제가 허리에 두른 헝겊(그것은 꽃무늬
보자기였습니다.)의 매듭 부분에 작은 고추가 보여서 그것이
또 온 집안을 웃음바다로 만들었습니다. 저로서는 그 일
또한 뜻밖의 성공이었는지도 모릅니다.

저는 매달 신간 소년 잡지를 열 권도 넘게 구독하고
있었고 그 밖에도 여러 가지 책을 도쿄에서 주문해
묵묵히 읽고 있었기 때문에, 당시 인기 있던 연재물 속
엉망진창 박사라느니 또 무슨무슨 박사라느니 하는
존재와 무척 친숙했습니다. 또 괴기담, 무사담, 만담, 에도[2]

2   도쿄의 옛 이름.

이야기 따위도 많이 알고 있었기 때문에 진지한 얼굴로 우스꽝스러운 이야기를 해서 집안사람들을 웃기는 데 소재가 부족한 적은 없었습니다.

그렇지만 아아, 학교!

학교에서 저는 존경을 받을 뻔했습니다. 존경받는다는 개념 또한 저를 몹시 두렵게 했습니다. 거의 완벽하게 사람들을 속이다가 전지전능한 어떤 사람한테 간파당하여 산산조각이 나고 죽기보다 더한 창피를 당하게 되는 것이 '존경받는다'는 개념에 대한 저의 정의였습니다. 인간을 속여서 '존경받는다' 해도 누군가 한 사람은 알고 있습니다. 그리고 인간들이 그 사람한테서 듣고 자기가 속은 것을 차차 알게 되었을 때, 인간들이 느낄 노여움이며 복수는 정말이지 어떤 것일까요. 상상만 해도 온몸의 털이 곤두서는 것이었습니다.

저는 부잣집에 태어났다는 사실보다는 소위 '공부를 잘해서' 학교 전체의 존경을 받을 뻔했습니다. 저는 어릴 적부터 몸이 약해서 자주 한 달, 두 달, 또는 일 년 가까이 병상에 누워 학교를 쉬곤 했습니다. 그래도 병이 낫자마자 인력거를 타고 학교에 가서 학기말 시험을 치면 우리 반 누구보다도 소위 '잘하게' 되어 있는 것 같았습니다. 건강이 좋을 때도 저는 도통 공부를 하지 않았고, 학교에 가도 수업 시간에 만화 따위나 보고 쉬는 시간에는 그것을

설명해 주어서 반 아이들을 웃겼습니다. 또 작문 시간에
우스운 이야기만 써서 선생님한테 주의를 들었지만 그
짓을 그만두지 않았습니다. 사실은 선생님이 은근히 저의
그런 우스꽝스러운 이야기를 즐기고 계신다는 것을 알고
있었기 때문입니다. 어느 날 저는 여느 때처럼 어머니와
함께 상경하는 도중 기차 안에서 객차 통로에 있는 가래
뱉는 항아리에 오줌을 누어 버린 실패담을 짐짓 슬픈
필치로 써서 제출했습니다. 사실 그때 제가 그것이 가래
뱉는 통인 걸 모르고 한 짓은 아니었습니다. 어린아이다운
천진난만함을 과시하기 위해 일부러 그렇게 했던
것입니다. 선생님이 틀림없이 웃으시리라는 자신이 있었기
때문에 교직원실로 돌아가시는 선생님 뒤를 살그머니
쫓아가 보았습니다. 선생님은 교실을 나서자마자 제
작문을 우리 반 아이들의 작문 뭉치 속에서 골라내 읽기
시작하더니 쿡쿡 웃으셨고, 이윽고 교직원실에 들어가서는
다 읽으셨는지 얼굴이 벌겋게 되어 큰 소리로 웃으며
곧바로 다른 선생님한테도 그것을 읽게 하셨습니다.
그것을 확인하고 저는 무척 만족했습니다.

　　장난꾸러기.

　　저는 소위 장난꾸러기로 보이는 데 성공했습니다.
존경받는 걸 피하는 데 성공했습니다. 성적표는 전 학과 다
10점 만점이었습니다만 소행이라는 항목만은 7점이거나

6점이거나 해서 그것 또한 온 집안을 웃음바다로
만들었습니다.

　　그렇지만 제 본성은 장난꾸러기 같은 것하고는
완전히 정반대였습니다. 그 당시 이미 저는 하녀와
머슴한테서 서글픈 일을 배웠고 순결을 잃었습니다.
지금은 어린아이한테 그런 짓을 하는 것은 인간이 저지를
수 있는 범죄 가운데서도 가장 추악하고 천박하고 잔인한
범죄라고 생각합니다. 그러나 그때 저는 참았습니다.
그것으로 인간의 특질을 또 하나 알게 됐다는 생각까지
들었고, 힘없이 웃었습니다. 만일 제가 진실을 말하는
습관이 들어 있었다면 당당하게 그들의 범죄를 아버지
어머니한테 일러바칠 수 있었을지도 모릅니다. 그러나 저는
아버지 어머니조차도 전혀 믿을 수가 없었던 것입니다.
인간에게 호소한다. 그런 수단에 저는 조금도 기대를
걸 수가 없었습니다. 아버지한테 호소해도, 어머니한테
호소해도, 순경한테 호소해도, 정부에 호소해도 결국은
처세술에 능한 사람들의 논리에 져 버리는 게 고작 아닐까.

　　틀림없이 편파적일 게 뻔해. 필경 인간에게 호소하는
것은 헛일이야. 저는 역시 아무것도 사실대로 말하지
않고 참으며 익살꾼 노릇을 계속할 수밖에 없다는 마음이
되었습니다.

　　뭐야, 인간에 대한 불신(不信)을 말하고 있는 거야?

흥, 네가 언제부터 기독교인이 됐는데? 하고 조소할
사람도 혹시 있을지 모릅니다. 그러나 인간에 대한 불신이
반드시 곧장 종교의 길로 통하는 것은 아니라고 저는
생각합니다. 사실 그 조소하는 사람을 포함해서 인간은
여호와든 뭐든 생각조차 안 하고 태연하게 살아가고 있지
않습니까? 역시 제가 어렸을 적의 일입니다만 아버지가
속해 있던 어떤 정당의 고명한 인사가 우리 마을에
연설을 하러 와서 저도 머슴들과 함께 극장에 갔습니다.
만원이었습니다. 특히 이 도시에서 아버지와 친하게
지내는 분들의 얼굴이 전부 보였고 모두들 열렬하게
박수를 쳤습니다. 연설이 끝난 후 청중이 삼삼오오 뭉쳐서
한밤의 눈길을 걸어 돌아오는데, 그날 밤의 연설을 마구
깎아내리는 것이었습니다. 그중에는 아버지와 아주
친한 분의 목소리도 섞여 있었습니다. 소위 아버지의
'동지들'이 아버지의 개회사도 형편없었고 예의 고명한
인사의 연설이라는 것도 뭐가 뭔지 도통 알아들을 수가
없었다고 화난 듯한 어조로 말하고 있었습니다. 그러고는
우리 집에 들러서 객실에 들어와서는 아버지한테 오늘
밤의 연설회는 대성공이었다고 진심으로 기뻐하는 얼굴로
말했습니다. 오늘 밤 연설회 어땠어? 하고 어머니가
물으시자, 머슴들까지도 아주 재미있었다고 천연덕스럽게
대답했습니다. 연설회만큼 재미없는 건 없다고 돌아오는

내내 투덜거렸는데 말입니다.

　　그러나 이런 것은 정말이지 하찮은 예에 지나지
않습니다. 인간의 삶에는 서로 속이면서 이상하게도 전혀
상처도 입지 않고 서로가 서로를 속이고 있다는 사실조차
알아차리지 못하는 듯 정말이지 산뜻하고 깨끗하고 밝고
명랑한 불신이 충만한 것으로 느껴집니다. 그렇지만 저는
서로가 서로를 속이고 있다는 사실 따위에는 그다지
관심이 없습니다. 저도 익살로 아침부터 밤까지 인간들을
속이고 있으니까요. 저는 바른생활 교과서에 나오는
정의니 뭐니 하는 도덕 따위에는 별로 관심이 없습니다.
저한테는 서로 속이면서 살아가는, 혹은 살아갈 자신이
있는 것처럼 보이는 인간이야말로 난해한 존재인 것입니다.
인간은 끝내 저한테 그 요령을 가르쳐 주지 않았습니다.
그것만 터득했더라면 제가 이렇게 인간을 두려워하면서
필사적인 서비스 같은 것을 하지 않아도 됐을 텐데
말입니다. 인간의 삶과 대립되어 밤이면 밤마다 지옥 같은
괴로움을 맛보지 않아도 되었을 텐데 말입니다. 즉 제가
머슴과 하녀들의 그 가증스러운 범죄조차 아무한테도
호소하지 않았던 것은 인간에 대한 불신 때문도 아니고,
또 기독교적 박애주의 때문도 아니고, 인간이 저 요조에게
신용이라는 껍질을 단단히 닫고 있었기 때문이라고
생각합니다. 부모님조차도 제가 이해할 수 없는 면을 가끔

보이셨으니까요.

그리고 아무한테도 호소하지 못하는 저의 이런 고독한 냄새를 많은 여성들이 본능적으로 맡게 된 것이 훗날 그녀들이 저의 약점을 틈타 접근하게 된 이유 중 하나인 것처럼 느껴집니다.

즉 저는 여성들이 보기에 사랑의 비밀을 지켜 줄 사나이였다는 얘기입니다.

두 번째 수기

저는 시험공부도 제대로 하지 않았는데도 바닷가,
파도치는 곳이라고 할 수 있을 만큼 바다와 가까운
해안가에 키가 꽤 큰 시커먼 산벚나무가 스무 그루도
넘게 늘어서 있어 신학기가 되면 푸른 바다를 배경으로
산벚꽃이 끈끈해 보이는 갈색 어린잎과 함께 현란한 꽃을
피우고, 꽃이 질 때는 꽃잎이 수없이 바다에 흩뿌려져
해면을 아로새기며 떠돌다 파도를 타고 다시 기슭으로
되돌아오는 벚꽃 모래사장을 그대로 교정으로 쓰고
있는 동북 지방의 어떤 중학교에 그럭저럭 입학할 수
있었습니다. 그 중학교의 교모 휘장에도, 교복 단추에도
도안된 벚꽃이 피어 있었습니다.

학교 바로 가까이에 저희 집안과 먼 친척 되는 분의
집이 있었기 때문에 아버지가 그 바다와 벚꽃의 중학교를
저한테 골라 주셨던 것입니다. 저는 그 집에 맡겨졌고,

학교가 바로 옆이었기 때문에 아침 종이 울리는 것을 듣고 나서야 뛰어서 등교하는 꽤나 게으른 학생이었습니다만, 그래도 예의 익살로 나날이 반에서 인기를 얻어 갔습니다.

　　태어나서 처음 타향에 나온 셈입니다만 저한테는 그 타향이 제가 태어난 고향보다 훨씬 마음 편하게 느껴졌습니다. 그때쯤에는 제 익살도 좀 더 확고하게 몸에 배서 남을 속이는 데 예전만큼 고심할 필요가 없었기 때문이라고 할 수도 있겠지만 그보다는 어떤 천재한테도, 예컨대 하느님의 아들인 예수님한테도 가족과 타인, 고향과 타향 사이에는 연기하는 쉬움과 어려움의 차이가 반드시 존재하지 않을까요? 배우가 제일 연기하기 어려운 곳은 고향의 극장이고, 더욱이 일가친척이 모두 늘어앉은 좁은 공간에서는 아무리 명배우라도 연기 같은 것은 할 수 없지 않을까요? 그래도 저는 연기해 냈습니다. 그것도 꽤나 성공을 거두었습니다. 그만큼 산전수전 다 겪은 제가 타향에 나와서 만에 하나라도 잘못 연기하는 일이 없는 것은 당연한 일이었습니다.

　　인간에 대한 공포가 예전 못지않게 가슴 밑바닥에서 격렬하게 꿈틀거리고 있었지만 연기는 정말로 자연스럽고 활달해져서 교실에서 늘 반 아이들을 웃겼고, 선생님도 이 반은 오바³만 없으면 참 괜찮은 반인데라고 말로는 탄식하면서도 손으로 입을 가리고 웃으셨습니다.

저는 벼락같이 야만스러운 목소리를 내지르는 배속
장교[4]까지도 정말이지 간단하게 웃길 수 있었던 것입니다.
　　이제는 내 정체를 완벽하게 은폐할 수 있겠다
하고 마음을 놓으려던 참에 저는 실로 불의의 칼을 등
뒤에서 맞았습니다. 등 뒤에서 남을 찌르는 사나이의
예에 어긋나지 않게 반에서 가장 빈약한 몸집에 얼굴도
시퍼렇고, 아버지나 형한테서 물려받은 것이 분명한
쇼토쿠 태자의 옷처럼 소매가 긴 윗도리를 입은, 공부는
전혀 못하고 교련이나 체육 시간에도 언제나 견학만 하는
백치 비슷한 학생이었습니다. 저조차도 그 학생까지
경계할 필요성은 미처 못 느끼고 있었던 것입니다.
　　그날 체육 시간에 다케이치는(성은 기억 못 합니다만 이름은
다케이치였던 것으로 기억하고 있습니다.) 여느 때와 같이 견학을
하고 있었고, 저희들은 철봉 연습을 하고 있었습니다.
저는 일부러 할 수 있는 한 엄숙한 얼굴로 철봉을 향해
에잇 하고 소리를 지르며 달려가서는 그대로 멀리뛰기
하는 것처럼 앞으로 날아가 모래밭에 쿵 엉덩방아를
찧었습니다. 물론 계획적인 실패였습니다. 예상했던 대로
모두 폭소를 터뜨렸고 저도 쓴웃음을 지으면서 일어나

3　작중 화자인 요조의 성(姓).
4　당시 중고등학교에 배치되었던 교련 담당 군인.

바지에 묻은 모래를 털고 있는데, 언제 왔는지 다케이치가 제 등을 찌르면서 낮은 목소리로 이렇게 속삭였습니다.

"부러 그랬지?"

세상이 뒤집히는 것 같았습니다. 일부러 실패했다는 사실을 다른 사람도 아닌 다케이치한테 간파당하리라곤 생각도 못 했기 때문입니다. 온 세상이 일순간에 지옥의 업화에 휩싸여 불타오르는 것을 눈앞에 보는 듯하여 저는 왁 하고 소리치면서 발광할 것 같은 기색을 필사적으로 억눌렀습니다.

그때부터 계속된 나날의 불안과 공포.

겉으로는 여전히 서글픈 익살을 연기해 모두를 웃기면서도 문득 저도 모르게 괴로운 한숨이 새어 나왔습니다. 무슨 짓을 하든 다케이치가 낱낱이 간파하고 있다, 그리고 이제 곧 그 녀석이 아무한테나 이 얘기를 퍼뜨리고 다닐 게 틀림없다고 생각하면 이마에 축축하게 진땀이 솟았고, 미치광이 같은 묘한 눈초리로 희번덕거리며 공연히 주변을 둘러보게 되었습니다. 할 수만 있다면 아침, 낮, 밤, 스물네 시간 꼬박 다케이치 곁에 붙어서 비밀을 퍼뜨리지 못하게 감시하고 싶었습니다. 녀석한테 들러붙어 있는 동안 내 익살이 '일부러 하는 행동'이 아니라 진짜라고 믿게끔 할 수 있는 노력이란 노력은 다 하고, 잘만 된다면 녀석하고 다시없는 친구가 돼

버리고 싶다, 만일 이도 저도 다 불가능하다면 그때는 그의
죽음을 빌 수밖에 없다고까지 외곬으로 생각했습니다.
그렇지만 아무리 그래도 그를 죽이려는 마음은 일어나지
않았습니다. 저는 지금까지 살아오면서 남이 저를 죽여
줬으면 하고 바란 적은 여러 번 있지만 남을 죽이고 싶다고
생각한 적은 한 번도 없습니다. 그것은 오히려 상대방을
행복하게 만드는 일일 뿐이라고 생각했기 때문입니다.

　　저는 그를 손아귀에 넣기 위해 우선 얼굴에 사이비
기독교인 같은 '정다운' 미소를 띠고 고개를 삼십 도 정도
왼쪽으로 갸우뚱 기울이고는 그의 작은 어깨를 가볍게
끌어안고 여자를 꼬일 때처럼 달콤한 목소리로 제가
하숙하고 있는 집으로 놀러 가자고 종종 말했습니다.
그러나 그는 언제나 멍한 눈초리를 한 채 잠자코
있었습니다. 그러던 어느 날 방과 후(분명 초여름경의
일입니다.) 소낙비가 뿌옇게 쏟아져서 다른 아이들은
어떻게 집에 갈지 난처해하고 있었습니다만, 저는 집이
바로 옆이었기 때문에 개의치 않고 밖으로 튀어 나가려다
문득 다케이치가 신발장 뒤에 풀 없이 서 있는 것을
발견했습니다. 같이 가자, 우산 빌려줄게 하고 말한 뒤
주저하는 다케이치의 손을 끌고 함께 소낙비 속을 달려
집에 도착해 아줌마한테 두 사람의 윗도리를 말려 달라고
부탁하고 다케이치를 2층에 있는 제 방으로 끌어들이는

데 성공했습니다.

　그 집에는 쉰이 넘은 아줌마와 서른 정도 나이에
안경을 쓰고 어딘가 병색이 있는 키가 큰 누나(한 번 시집을
갔다가 집에 돌아와 있는 사람이었습니다. 저는 이 사람을 이 집
식구들처럼 언니라고 부르고 있었습니다.) 그리고 여학교를 갓
졸업한 듯한 세쓰라고 하는, 언니와는 달리 키가 작고
얼굴이 둥근 여동생, 이렇게 셋뿐이었습니다. 아래층에
있는 가게에 문방구랑 운동 용품 등을 약간 늘어놓고
팔고 있었습니다만, 주된 수입은 돌아가신 주인이 남겨
놓은 대여섯 채 되는 작은 셋집에서 나오는 집세인 것
같았습니다.

　"귀가 아파."

　다케이치는 선 채로 이렇게 말했습니다.

　"비를 맞았더니 귀가 아파."

　제가 들여다보니 양쪽 귀가 심하게 곪아서 고름이
금방이라도 귀 밖으로 흘러나오려 하고 있었습니다.

　"야, 이거 안 되겠네. 아프겠다."

　저는 허풍스럽게 놀란 표정을 해 보였습니다.

　"빗속으로 끌어내서 미안해."

　여자 같은 말투로 '다정하게' 사과하고 나서 아래층에
내려가 솜과 알코올을 얻어 가지고 와서 다케이치를
제 무릎에 눕히고 꼼꼼하게 귀 청소를 해 주었습니다.

다케이치도 설마하니 저의 그런 행동이 위선에 찬
계략이라고는 눈치채지 못한 듯 제 무릎에 누운 채
"틀림없이 여자들이 너한테 홀딱 반할 거야."라고 무식한
아부를 할 정도였습니다.

　그 말이 다케이치 자신도 의식하지 못했던 악마의
끔찍한 예언 같은 것이었음을 저는 나중에 절감했습니다.
내가 반한다느니 남이 반한다느니 하는 말은 퍽 천박하고
능글맞은 느낌이어서, 소위 아무리 '엄숙'한 장면이라도
이 말이 불쑥 얼굴을 내밀면 진지하고 고고한 대가람이
붕괴해 그저 두루뭉술하고 밋밋해져 버리는 것처럼
느껴집니다. 그러나 반하는 쓰라림 등의 속된 말 말고
'사랑받는 불안' 같은 문학적 용어를 쓰면 그런대로 고고한
대가람이 붕괴하는 일은 없는 듯하니 참 묘합니다.

　제가 귀의 고름을 닦아 주자 다케이치는 장차 너한테
여자들이 반할 거야라는 바보 같은 아부를 했고 그때
저는 얼굴이 붉어져서 웃기만 하고 아무 말도 하지
못했습니다만, 사실은 희미하게 짚이는 바가 있었습니다.
'여자들이 반할 거야'와 같은 야비한 말이 자아내는 천박한
분위기에 대해 듣고 보니 짚이는 바가 있었다고 쓰는 것은
만담에 등장하는 덜떨어진 부잣집 서방님의 대사조차
못 되는 어리석은 감회를 나타내는 것 같지만 제가 그런
실없고 능글맞은 마음으로 '짚이는 바가 있었다'고 한 것은

아닙니다.

　저한테는 인간 중에서 여성이 남성보다 몇 배나 더 난해했습니다. 제 가족 중에는 여자가 남자보다 훨씬 많았고 친척 중에도 계집애가 많았으며 예의 '범죄'를 저지른 하녀 등도 있어서 저는 어렸을 때부터 여자하고만 놀면서 컸다고 해도 과언이 아닙니다만, 정말이지 저는 살얼음을 밟는 느낌으로 그 여자들을 대해 왔던 것입니다. 거의, 아니, 전혀 짐작도 할 수 없었습니다. 어쩌다 호랑이 꼬리를 밟는 실수를 저질러서 끔찍한 상처를 입기도 했는데, 그게 또 남자들한테서 받는 상처하고는 달라서 내출혈처럼 몹시 불쾌하게 안으로 안으로 파고 들어가는, 좀처럼 치유가 되지 않는 상처였던 것입니다.

　여자는 자기가 먼저 유인했다가도 내치고, 또 남이 있는 곳에서는 저를 경멸하고 함부로 대하다가도 아무도 없으면 꼭 끌어안고, 죽은 것처럼 깊이 잠들었습니다. 여자란 잠자기 위해 사는 것이 아닐까 등등 그 밖에도 저는 여자에 대한 갖가지 관찰을 일찌감치 어릴 때부터 해 왔습니다만, 여자는 똑같은 인류 같으면서도 남자하고는 완전히 다른 생물처럼 느껴졌습니다. 그런데 또 이 불가해하고 마음을 놓을 수 없는 생물들이 기묘하게도 저를 돌봐 주고 싶어 하는 것이었습니다. '너한테 반할 거야' 따위의 말이나 '좋아할 거야'라는 말은 제 경우에는 전혀 적합하지 않고, 돌봄을 받는다고 하는 편이 실상을 설명하는 데 좀 더 적합할지 모르겠습니다.

여자들은 남자들보다 익살에 경계심이 없는 것 같았습니다. 제가 익살을 부려도 남자들은 언제까지나 계속 깔깔거리지는 않았고 저도 남자들한테 너무 신명 나게 익살을 떨면 실패한다는 사실을 잘 알고 있었기 때문에 적당한 선에서 그만두도록 조심했습니다. 그러나 여자들은 적당하다는 것이 무엇인지 모르는 생물 같아서 언제까지나 저한테 익살 떨기를 요구했고, 저는 그 끝없는 앙코르에 응하느라 기진맥진해 버리곤 했습니다. 정말이지 잘도 웃어 댔습니다. 도대체가 여자들은 남자들보다 쾌락에 훨씬 더 탐욕스러운 듯합니다.

제가 중학교 시절에 신세 지던 하숙집 누나와 여동생도 틈만 나면 2층 제 방에 올라왔고, 저는 그때마다 튀어 오를 정도로 깜짝 놀라고 그저 두려울 따름이었습니다.

"공부해?"

"아니요."

저는 미소 지으며 책을 덮었습니다.

"오늘 학교에서 말이죠, 곤본이라는 지리 선생이 말이죠."

제 입에서 슬슬 나오는 것은 마음에도 없는

우스갯소리였습니다.

"요조, 안경 좀 써 봐."

어느 날 밤 여동생 세쓰가 언니와 함께 제 방에 놀러 와서 저에게 실컷 익살을 떨게 한 후 이렇게 말했습니다.

"왜?"

"글쎄 한번 써 봐. 언니 안경을 빌려서."

언제나 이런 난폭한 명령조로 말하는 것이었습니다. 익살꾼은 순순히 언니의 안경을 썼습니다. 그 순간 두 아가씨는 데굴데굴 구르면서 웃음을 터뜨렸습니다.

"꼭 닮았어. 로이드하고 똑같아."

당시 해럴드 로이드인가 하는 외국의 희극 배우가 일본에서 인기가 있었습니다. 저는 일어서서 한 손을 들고 "여러분." 하고 말한 뒤 "이번에 일본의 팬 여러분에게……." 라고 일장 연설을 시도해 보여 실컷 웃기고 나서 로이드의 영화가 극장에서 상영될 때마다 보러 가서는 몰래 그의 표정 같은 것을 연구했습니다.

또 어느 가을밤 제가 누워서 책을 읽고 있으려니까 언니가 새처럼 날쌔게 방에 들어오더니 갑자기 제 이불 위에 쓰러져 우는 것이었습니다.

"요조가 날 도와줄 거지, 그렇지? 이런 집에선 함께 나가 버리는 게 낫겠어. 날 도와줘. 응? 도와줘."

이렇게 과격한 소리를 하고는 또 우는 것이었습니다.

그렇지만 저는 여자가 그런 행동을 하는 걸 처음 보는
것이 아니었기 때문에 언니의 과격한 말에도 그다지
놀라지 않았습니다. 오히려 그 진부함, 내용 없음에 흥이
깨진 심정으로 살그머니 이불에서 빠져나와 책상 위의
감을 깎아서 한 조각을 언니한테 건네주었습니다. 그러자
언니는 훌쩍거리면서 그 감을 먹고는 말했습니다.

　"뭐 재미있는 책 없어? 빌려줘요."

　저는 나쓰메 소세키의 『나는 고양이로소이다』라는
책을 책장에서 골라 주었습니다.

　"잘 먹었어요."

　언니는 부끄러운 듯이 웃으면서 방에서 나갔습니다만,
언니뿐 아니라 여자들이 도대체 어떤 마음으로 살고
있는가를 추측하는 일은 저한테는 지렁이의 생각을
탐색하는 것보다도 까다롭고 귀찮고 소름 끼치는 일로
느껴졌습니다. 저는 다만 여자가 그런 식으로 갑자기 울
때는 뭔가 단것을 주면 기분이 나아진다는 사실만은
어렸을 때부터 경험으로 알고 있었던 것입니다.

　또 여동생 세쓰는 친구들을 제 방으로 데리고 와서는
여느 때처럼 제가 모두를 웃긴 뒤에 친구가 돌아가고
나면 언제나 그 친구의 험담을 하곤 했습니다. 꼭 걔는
불량소녀니까 조심하라고 말하는 것이었습니다. 그렇다면
일부러 끌고 오지 않으면 될 텐데. 덕분에 제 방에 오는

손님은 거의 전부 여자가 되어 버렸습니다.

그렇지만 그것은 아직 다케이치가 아부했던 '홀딱
반할 거야'라는 얘기의 실현은 아니었습니다. 즉 저는 일본
동북 지방의 해럴드 로이드에 지나지 않았던 것입니다.
다케이치의 무지한 아부가 역겨운 예언으로, 생생하고도
불길한 형태로 현실이 된 것은 그러고 나서도 몇 년이 더
지난 뒤였습니다.

다케이치는 저한테 중요한 선물을 또 하나
주었습니다.

"도깨비 그림이야."

언젠가 다케이치가 놀러 와서는 한 장의 원색판
삽화를 득의양양하게 보여 주면서 이렇게 설명했습니다.

저는 저런 하고 생각했습니다. 작금에 이르니 그
순간에 제가 갈 길이 결정된 것이라는 생각이 자꾸 듭니다.
저는 알고 있었습니다. 그 그림이 고흐의 자화상이라는
사실을. 저희가 소년이었던 시절, 일본에서는 프랑스
인상파의 그림이 대유행이어서 서양화 감상의 첫걸음은
대체로 거기서부터 시작되었고 고흐, 고갱, 세잔, 르누아르
같은 사람들의 그림은 시골 중학생이라 하더라도 대개
사진을 보아서 알고 있었던 것입니다. 저도 고흐의 컬러
화집을 꽤 많이 보았고 그 기법의 뛰어남, 색채의 선명함에
흥취를 느끼고는 있었습니다만 도깨비 그림이라고는 단 한

번도 생각한 적이 없었습니다.

　"그럼 이런 건 어떨까? 역시 도깨비일까?"

　저는 책장에서 모딜리아니의 화집을 꺼내 햇볕에 탄 구릿빛 피부의 나체화를 다케이치에게 보여 주었습니다.

　"굉장한데."

　다케이치는 눈을 휘둥그렇게 뜨고 감탄했습니다.

　"지옥의 말 같아."

　"역시 도깨비인가?"

　"나도 이런 도깨비 그림을 그리고 싶어."

　인간을 너무 두려워하는 사람들이 오히려 더 무시무시한 요괴를 자기 눈으로 확실히 보고 싶어 하는 심리. 신경이 날카롭고 쉽게 겁먹는 사람일수록 폭풍우가 더 강하게 몰아치기를 바라는 심리. 아아, 이 일군의 화가들은 인간이라는 도깨비에게 상처 입고 위협받다 끝내는 환영을 믿게 되었고 대낮의 자연 속에서 생생하게 요괴를 본 것입니다. 그리고 그들은 그것을 익살 따위로 얼버무리지 않고 본 그대로 표현하려고 노력한 것입니다. 다케이치가 말한 것처럼 과감하게 '도깨비 그림'을 그려 낸 것입니다. 여기 상래 나의 동료가 있다고 생각한 저는 눈물이 날 정도로 흥분해서 "나도 그릴 거야. 도깨비 그림을 그릴 거야. 지옥의 말을 그릴 거야."라고 왠지 모르지만 아주 낮은 목소리로 다케이치에게 말했습니다.

저는 초등학교 때부터 그림을 그리는 것도, 보는 것도 좋아했습니다. 그렇지만 제가 그린 그림은 제 작문만큼 평판이 좋지는 않았습니다. 저는 도대체가 인간의 말을 도통 신용하지 않기 때문에 작문 같은 것은 저한테 그저 익살꾼의 인사말 같은 것이어서 초등학교, 중학교 때까지 계속해서 선생님들을 좋아서 미쳐 날뛰게 했습니다만 저 자신은 전혀 재미를 느끼지 못했고, 그림은(만화 같은 것은 별도입니다만) 어린아이 수준의 아류작밖에 못 그리긴 했지만 대상을 표현하느라 나름대로 다소 고심했던 것입니다. 그런데 미술 시간에 본으로 쓰는 그림은 시시했고 선생님의 그림도 형편없어서, 저는 표현 기법을 엉터리로 혼자 연구하고 실험해 보지 않으면 안 되었습니다. 중학교 때 저는 유화 도구도 한 벌 갖고 있었지만, 인상파 화풍을 따라 그려 봐도 제가 그린 그림은 마치 일본의 전통 종이 공예처럼 밋밋한 게 도통 물건이 될 것 같지 않았습니다. 그렇지만 다케이치의 말을 듣고 그때까지 그림에 대한 제 마음가짐이 완전히 잘못된 것이었음을 깨달았습니다. 아름답다고 느낀 것을 아름답게만 표현하려고 노력하는 안이함과 어리석음. 대가들은 아무것도 아닌 것을 주관에 의해 아름답게 창조하거나 추악한 것에 구토를 느끼면서도 그에 대한 흥미를 감추지 않고 표현하는 희열에 잠겼던 것입니다.

즉 남이 어떻게 생각하든 조금도 상관하지 않는다는
원초적인 비법을 다케이치한테서 전수받은 저는 예의 여자
손님들 몰래 조금씩 자화상 제작에 착수했습니다.

   제가 봐도 흠칫할 정도로 음산한 그림이
완성되었습니다. 이것이야말로 가슴속에 꼭꼭 눌러
감추고 감추어 온 내 정체다. 겉으로는 명랑하게 웃으며
남들을 웃기고 있지만 사실 나는 이렇게 음산한 마음을
지니고 있어. 어쩔 수 없지 하고 혼자 인정하고는 그 그림은
다케이치 외에는 아무한테도 보여 주지 않았습니다. 제
익살 밑바닥에 있는 음산함을 간파당하여 하루아침에
경계받게 되는 것이 싫었고, 어쩌면 이것이 내 정체인
줄 모르고 또 다른 취향의 익살로 간주되어 웃음거리가
될지 모른다는 의구심도 일었기 때문입니다. 만일 그렇게
된다면 그건 제일 가슴 아픈 일이 될 것이기 때문에 그
그림은 바로 이불장 깊숙이 넣어 두었습니다.

   그리고 미술 시간에는 그 '도깨비식 화법'은 숨긴 채
그때까지 하던 대로 아름다운 것을 아름답게 그리는
평범한 기법을 썼습니다.

   다케이치한테만은 전부터 저의 상처 입기 쉬운
내면을 예사롭게 보여 왔기 때문에 이번 자화상도
다케이치한테는 마음 놓고 보여 주어서 대단한 칭찬을
들었고, 잇따라 도깨비 그림을 두 장, 세 장 그려서

다케이치한테서 "너는 위대한 화가가 될 거야."라는 또
하나의 예언을 듣게 되었습니다.

　　바보 다케이치는 여자가 홀딱 반할 거라는 예언과
위대한 화가가 될 거라는 예언, 이 두 가지 예언을 제
이마에 새겨 주었고 저는 이윽고 도쿄로 상경했습니다.

　　저는 미술 학교에 들어가고 싶었지만 아버지는
전부터 저를 고등학교에 넣어서 장차 관리로 만들
생각이셨고 저한테도 그 말씀을 분명하게 하셨기 때문에
저는 말대꾸라곤 전혀 하지 못하고 멀거니 그 말씀을
따랐습니다. 4학년이 되자 시험을 쳐 보라고 말씀하시기에
저 역시 벚꽃과 바다의 중학교에 어지간히 싫증 나 있던
참이라 4학년을 수료한 뒤 5학년으로 진급하지 않고
도쿄의 고등학교에 시험을 쳐서 합격하고 바로 기숙사
생활에 들어갔습니다. 그러나 기숙사의 불결함과
조악스러움에 질려 익살을 떨기는커녕 의사한테서
폐결핵이라는 진단서를 받고 기숙사에서 나와 우에노의
사쿠라기 동에 있는 아버지의 별택으로 옮겼습니다.
저한테는 단체 생활이라는 것이 아무래도 불가능한
것 같았습니다. 또 '청춘의 감격'이라든가 '젊은이의
긍지'라든가 하는 말은 듣기만 해도 닭살이 돋았고,
'고교생의 기개'라느니 하는 것은 도저히 좇아갈 수가
없었던 것입니다. 교실도 기숙사도 비뚤어진 성욕의

쓰레기통으로 느껴졌으며, 저의 완벽에 가까운 익살도
거기서는 아무 소용이 없었습니다.

아버지는 의회가 열리지 않을 때는 한 달에 일주일
내지 이 주일만 그 집에 묵으셨기 때문에 아버지가 안 계실
때는 상당히 넓은 그 집에 집 지키는 노부부와 저, 이렇게
셋뿐이어서 저는 슬쩍슬쩍 학교를 빼먹었습니다. 그렇다고
도쿄 구경 같은 걸 할 마음도 없어서(저는 끝내 메이지 신궁도
구스노키 마사시게의 동상도 센가쿠사 사십칠 의사(義士)의 무덤도
가지 않고 말았습니다.) 집에서 하루 종일 책을 읽거나 그림을
그리거나 하며 보냈습니다. 아버지가 상경하시면 매일
아침 서둘러 등교했습니다만, 사실은 혼고의 센다기 동에
있는 서양화가 야스타 신타로 선생의 화방에 가서 세
시간이고 네 시간이고 데생 연습을 한 적도 있었습니다.
기숙사에서 나오고 나니까 학교에 가도 제가 마치 청강생
같은 특별한 위치에 있는 듯해서, 제 자격지심이었는지도
모르겠습니다만, 뭐랄까 저 스스로 흥을 잃게 되어 학교에
가는 것이 점점 내키지 않게 되었던 것입니다. 저는 끝내
애교심이라는 것을 이해하지 못한 채 초등학교, 중학교,
고등학교를 마쳐 버렸습니다. 교가 같은 것도 한 번도
외우려고 한 적이 없었습니다.

이윽고 저는 화방에서 어떤 미술 학도로부터 술과
담배와 창녀와 전당포와 좌익 사상을 배우게 되었습니다.

묘한 배합입니다만 사실입니다.

그 미술 학도는 호리키 마사오라고 하며 도쿄의 상인 계층이 사는 시타마치[5]에서 태어났고 저보다 여섯 살 나이가 많았습니다. 사립 미술 학교를 졸업한 뒤 집에 아틀리에가 없어서 화방에 다니면서 서양화 공부를 계속하고 있다고 했습니다.

"5엔만 빌려줄 수 없을까?"

그저 서로 얼굴을 알고 있는 정도였고 그때까지 말 한마디 나눈 적도 없었습니다. 저는 당황해서 어쩔 줄 모르면서 5엔을 내밀었습니다.

"좋아, 마시자. 내가 너한테 한턱내는 거야. 착한 꼬마로군."

차마 거절하지 못하고 화방에서 가까운 호라이 동의 카페로 끌려간 것이 그와의 교우의 시작이었습니다.

"전부터 자네를 주목하고 있었지. 그래, 바로 그거야. 그 수줍어하는 듯한 미소. 그것이 장래성 있는 예술가 특유의 표정이라고. 자, 서로 알게 된 기념으로 건배! 기누 씨, 이 녀석 미남이지? 그렇다고 반하면 안 돼. 이 녀석 덕분에 유감스럽게도 난 화방에서 두 번째 미남이 되어 버렸어."

5   도쿄의 저지대를 가리키는 말.

　　호리키는 가무잡잡하고 단정한 얼굴에 그림 그리는 학생으로서는 드물게 반듯한 양복을 입고, 넥타이를 고르는 취향도 얌전하고, 머리카락은 포마드를 발라 찰싹 붙이고 가운데 가르마를 타고 있었습니다.

　　저는 익숙하지 않은 장소이기도 한 데다 그저 겁이 나서 팔짱을 끼었다 풀었다 하며 말 그대로 수줍어하는 듯한 미소만 띠고 있었습니다만, 맥주를 두서너 잔 마시는 동안 묘하게 해방된 듯한 홀가분함을 느끼기 시작했습니다.

　　"저는 미술 학교에 들어가려고 하는데요⋯⋯."

　　"야야, 시시해. 그런 곳은 시시하다고. 학교란 시시한 거야. 우리의 스승은 자연 속에 있나니! 자연에 대한 정열!"

　　그러나 저는 그의 말에 도통 경의를 느끼지 못했습니다. 바보군, 그림도 시원찮을 게 틀림없어. 그렇지만 놀기에는 괜찮은 상대일지도 모른다고 생각했습니다. 즉 저는 그때 태어나서 처음으로 도회지의 진짜 건달을 만난 것입니다. 그는 저와 형태는 달랐지만 인간의 삶에서 완전히 유리되어 갈피를 못 잡고 있다는 점에서는 분명히 저의 동류였습니다. 그가 의식하지 못한 채 익살꾼 노릇을 하고 있다는 것, 게다가 익살꾼의 비참함을 전혀 깨닫지 못하고 있다는 것이 저하고는 본질적으로 다른 점이었습니다.

그냥 노는 것뿐이야, 놀이 상대로 사귀는 것뿐이야
하고 언제나 그를 경멸하고 때로는 그와의 교제를
부끄럽게 여기기까지 했으면서도, 같이 다니는 사이에
결국 이 사나이한테조차 당하고 말았습니다.

처음에는 그 남자를 호인, 드물게 보이는 호인이라고만
생각하고 그렇게 인간 공포증이 심한 저도 완전히
방심한 채 좋은 도쿄 안내자가 생겼다 정도로 여기고
있었습니다. 사실 저는 혼자 전차를 타면 차장이 무섭고,
가부키 극장에 가고 싶어도 붉은 카펫이 깔려 있는
현관 계단 양쪽에 죽 늘어서 있는 안내양들이 무섭고,
레스토랑에서는 등 뒤에 조용히 서서 접시가 비기를
기다리는 웨이터가 무섭고, 특히 돈을 치를 때 아아, 그
어색한 손놀림을 견딜 수가 없었습니다. 저는 뭔가를
사고 나서 돈을 건넬 때면 인색해서가 아니라 너무
긴장하고 너무 부끄럽고 너무 불안하고 너무 두려워서
어찔어찔 현기증이 나고 눈앞이 캄캄해지고 거의 반쯤
미친 것처럼 되어 값을 깎기는커녕 거스름돈 받는 것조차
잊어버릴뿐더러 산 물건을 가져오는 것조차 잊은 적도
종종 있었기 때문에 도저히 혼자서는 도쿄 거리를 다닐
수가 없었고, 그래서 어쩔 수 없이 온종일 집 안에서
뒹굴거리며 시간을 보낸 속사정도 있었던 것입니다.

그런데 호리키한테 지갑을 맡기면 엄청나게 값을

잘 깎는 데다, 잘 놀 줄 안다고나 할까, 얼마 안 되는
돈으로 최대의 효과가 나게 돈을 썼으며, 비싼 택시는
멀리하고 전차, 버스, 증기선 등을 각각 잘 활용해 최단
시간에 목적지에 도착하는 수완도 보였습니다. 또 아침에
매춘부한테서 돌아올 때면 무슨 무슨 요정에 들러 목욕을
하고 따끈한 두부에 가볍게 술 한잔하는 것이 몇 푼
들지 않으면서도 호사스러운 기분을 느끼게 해 준다고
현장 교육도 시켜 주었습니다. 그 외에도 포장마차의
소고기 덮밥, 참새구이가 싸면서도 자양분이 풍부하다는
사실을 설교했고, 전기 블랑[6]만큼 술기운이 빨리 도는
것은 없다고 보증했습니다. 어쨌든 계산하는 일에
관해서는 저한테 일말의 불안이나 공포도 느끼게 한 적이
없었습니다.

　　호리키와 교제하면서 또 좋았던 점은 호리키가
상대방의 생각 따위는 완전히 무시하고 소위 자신의
정열이 분출하는 대로(혹은 그 정열이 상대방의 입장을 무시하는
것인지도 모르지요.) 온종일 시시한 얘기를 계속 지껄여
대서, 둘이서 걷다가 지쳐도 어색한 침묵에 빠지게 될
염려가 전혀 없다는 사실이었습니다. 사람과 접할 때면

6　　아사쿠사에 있는 바에서 파는, 마시면 온몸에 전기가 찌르르 흐르는
　　것처럼 느껴지는 브랜디.

끔찍한 침묵이 내려앉을 것을 경계하느라 원래는 입이
무거운 제가 죽기 아니면 살기로 익살을 떨었지만, 이제는
호리키 이 바보가 무의식적으로 익살꾼 역할을 자진해서
대신해 주었기 때문에 저는 대답도 제대로 하지 않고 그저
흘려들으면서 가끔 설마 하는 등 맞장구를 치면서 웃기만
하면 되었던 것입니다.

술, 담배, 창녀, 그런 것들이 인간에 대한 공포를
잠시나마 잊게 해 주는 상당히 괜찮은 수단이라는 사실을
저도 이윽고 알게 되었습니다. 그런 수단들을 구하기
위해서라면 제 소유물을 모두 팔아 치워도 후회하지 않을
것 같은 마음까지 들었습니다.

저한테 창녀라는 것은 인간도 여성도 아닌 백치 혹은
미치광이처럼 느껴져서 그 품 안에서는 완전히 안심하고
푹 잘 수 있었습니다. 그들 모두가 서글플 만큼, 정말이지
티끌만큼도 욕심이라는 것이 없었습니다. 그리고 저에게서
동류로서의 친근감 같은 것을 느끼는지, 저는 언제나
창녀들로부터 거북살스럽지 않을 정도의 자연스러운
호감을 샀습니다. 아무런 타산도 없는 호의, 강요하지
않는 호의, 두 번 다시 오지 않을지도 모르는 사람에 대한
호의. 저는 백치 아니면 미치광이 같은 그 창녀들한테서
마리아의 후광을 실제로 본 적도 있습니다.

그러나 제가 인간에 대한 공포에서 도망쳐 조촐한

하룻밤의 안식을 찾아 그야말로 저와 '동류'인 창녀들하고
어울리는 동안, 어느 틈엔지 저도 의식하지 못하는
사이에 일종의 역겨운 기운이 저에게서 풍기게 된
모양입니다. 그것은 저도 전혀 예상하지 못했던 소위
'부록'이었습니다만 그 부록은 점차 선명하게 표면으로
떠올랐고, 저는 호리키한테서 그 사실을 지적당하고는
아연실색하고 기분이 상했습니다. 속된 말로 저는 창녀로
여자 수행을 쌓았고, 거기다가 최근에는 여자 다루는
솜씨가 눈에 띄게 좋아졌던 것입니다. 여자 수행은
창녀한테서 쌓는 것이 제일 엄격하고 효과도 있다고
하던데, 이미 저한테는 '여자를 잘 다루는 도사' 냄새가
배어 버려서 여자들이(창녀뿐 아니라) 본능적으로 그 냄새를
맡고 접근하는, 추잡하고도 불명예스러운 분위기가 몸에
배어들었고 그런 점이 제가 창녀들에게서 얻은 정신적
휴양 따위보다 훨씬 더 두드러지게 눈에 띄었나 봅니다.

　　호리키는 반은 공치사로 그 말을 한 것이겠지만
슬프게도 저 또한 짚이는 바가 있었습니다. 예컨대
다방 여종업원한테서 유치한 편지를 받은 기억도 있고,
사쿠라기 동의 이웃집 상군 댁의 스무 살 정도 되는
따님이 매일 아침 제가 등교하는 시간에 별로 볼일도 없는
것 같은데 옅은 화장을 하고 자기 집 문을 들락거리기도
하고, 소고기를 먹으러 가면 제가 점잖게 있어도 일하는

여자가 편지를 건네고, 단골 담배 가게 딸이 건네준
담뱃갑 안에서 편지가 나오고, 가부키를 보러 갔을 때 옆
자리에 앉았던 여자한테서, 또 한밤중에 취해서 전철에서
자다가 편지를 받고, 생각지도 않았던 고향의 친척 집
딸한테서 애절한 편지가 오곤 했습니다. 또 누군지 알 수
없는 아가씨가 제가 집을 비운 사이에 손수 만든 듯한
인형을 놓고 가기도 했지요. 제가 극도로 소극적이었기
때문에 모든 것이 그뿐으로 끝나 버려서 그 이상의 진전은
전혀 없었습니다만, 뭔가 여자들로 하여금 꿈을 꾸게
만드는 분위기가 저의 어딘가에 달라붙어 있다는 사실은
여복(女福) 자랑이니 뭐니 하는 바보 같은 농담이 아닌
부정할 수 없는 사실이었던 것입니다. 저는 호리키 같은
놈한테서 그 사실을 지적받고 굴욕 비슷한 씁쓸함을
느낌과 동시에, 창녀들과 같이 지내는 일에도 단박에
흥미를 잃었습니다.

　　호리키는 최신 유행을 좇는 그런 허세(호리키의 경우
저는 지금도 이것 외의 다른 이유는 떠올릴 수가 없습니다.)에 더해
어느 날 저를 공산주의 독서회(R.S.라고 했던 것 같은데 기억이
분명치 않습니다.)인가 하는 비밀 연구회에 데리고 갔습니다.
호리키 같은 인물에게는 공산주의 비밀 모임도 예의
'도쿄 안내' 가운데 하나에 지나지 않는지도 모릅니다.
저는 소위 '동지들'한테 소개되었고, 팸플릿을 몇 개 사게

되었고, 상석에 있던 퍽 못생긴 청년한테서 마르크스
경제학에 대한 강의를 들었습니다. 저한테는 그 얘기가
당연하고 빤한 얘기로 느껴졌습니다. 그야 그렇겠지만
인간의 마음에는 속을 알 수 없는 더 끔찍한 것이 있다.
욕심이라는 말로도 부족하고, 허영이라는 말로도
부족하고, 색(色)과 욕(慾), 이렇게 두 개를 나란히 늘어놓고
보아도 부족한 그 무엇. 저로서는 그것이 무엇인지 알
수 없었지만, 인간 세상의 밑바닥에는 경제만이 아닌
묘한 괴담 비슷한 것이 있는 것처럼 느껴졌습니다. 그
괴담에 잔뜩 겁먹은 저는 소위 유물론이라는 것을 물
흐르듯 자연스럽게 수긍하면서도 그것을 통해 인간에
대한 공포에서 해방되거나 새싹을 보고 희망의 기쁨을
느끼거나 할 수는 없었던 것입니다. 그렇지만 저는
한 번도 빠지지 않고 그 R.S.(라고 했던 걸로 기억합니다만
아닌지도 모릅니다.)라는 곳에 출석했고, ‘동지’들이 무슨
큰일이나 되는 것처럼 긴장한 얼굴로 ‘1 더하기 1은 2’나
다름없는, 거의 초등 수학 비슷한 이론 연구에 몰두하는
것이 우스꽝스러워서 예의 제 익살로 모임의 긴장감을
풀어 주려고 노력했습니다. 그 덕분인지 점차 연구회의
무거운 분위기가 풀어져서 제가 그 모임에 없어서는 안
되는 인기 있는 존재가 되어 버렸나 봅니다. 그 단순해
보이는 사람들은 저를 자기들처럼 단순하고 낙천적인

익살꾼 동지 정도로 생각하고 있었는지도 모릅니다. 만일
그렇다면 저는 그 사람들을 하나부터 열까지 속이고
있었던 셈입니다. 저는 동지가 아니었으니까요. 그래도
그 모임에 빠지지 않고 꼬박꼬박 출석해 모두에게 익살을
서비스했습니다.

좋아했기 때문입니다. 그 사람들이 마음에 들었기
때문입니다. 그러나 반드시 마르크스로 맺어진 친근감
때문은 아니었습니다.

비합법. 저는 그것을 어렴풋하게나마 즐겼던 것입니다.
오히려 마음이 편했던 것입니다. 이 세상의 합법이라는
것이 오히려 두려웠고(그것에서는 한없는 강인함이 느껴졌습니다.)
그 구조가 불가해해서, 창문도 없고 뼛속까지 냉기가
스며드는 그 방에 도저히 앉아 있을 수가 없어서 바깥이
비합법의 바다라 해도 거기에 뛰어들어 헤엄치다 죽음에
이르는 편이 저한테는 오히려 마음이 편했던 것 같습니다.

'음지의 사람'이라는 말이 있습니다. 인간
세상에서는 비참한 패자 또는 악덕한 자를 지칭하는 말
같습니다만, 저는 태어날 때부터 음지의 존재였던 것
같은 생각이 들어서 이 세상에서 떳떳하지 못한 놈으로
손가락질당하는 사람들을 만나면 언제나 다정한 마음이
되곤 했습니다. 그리고 저의 그 '다정한 마음'은 저 자신도
황홀해질 정도로 정다운 마음이었던 것입니다.

또 '범인(犯人) 의식'이라는 말도 있습니다. 저는 이 인간 세상에서 평생 동안 범인 의식으로 괴로워하겠지만 그것은 조강지처 같은 나의 좋은 반려자니까 그 녀석하고 둘이 쓸쓸하게 노니는 것도 제가 살아가는 방식 중 하나일지도 모릅니다. 또 속된 말로 '뒤가 켕기는 상처가 있는 사람'이라는 말도 있는 것 같습니다만, 그 상처는 제가 아기였을 때부터 저절로 한쪽 정강이에 생긴 것이 크면서 치유되기는커녕 점점 더 심해져 뼈에까지 닿아서 밤마다 겪는 고통이 변화무쌍한 지옥이었습니다. 그러나 (이것은 퍽 기묘한 표현입니다만) 그 상처가 점차 혈육보다 더 정답게 느껴지고 그 통증이 상처의 살아 있는 감정, 사랑의 속삭임으로까지 느껴졌던 저라는 남자에게 예의 지하 운동 그룹의 분위기는 묘하게 마음이 놓이고 편안했습니다. 즉 운동 본래의 목적보다 그 운동의 표피가 저한테 잘 맞았던 것입니다. 호리키의 경우는 그저 바보 같은 놈이 집적거리는 것이어서 저를 소개하기 위해 딱 한 번 그 모임에 갔을 뿐, 마르크스주의자에게는 생산 면의 연구와 함께 소비 면의 시찰도 필요하다는 둥 설익은 흰소리나 지껄여 대면서 그 모임은 가까이하지 않고 저를 그 소비 면의 시찰 쪽으로만 끌고 다니고 싶어 했습니다. 지금 생각해 보면 당시에는 다양한 형태의 마르크스주의자가

있었던 것 같습니다. 호리키처럼 유행 좇기를 좋아하는
허영심에서 마르크스주의자로 자칭하는 자도 있었고, 또
저처럼 그저 비합법적인 분위기가 마음에 들어서 거기
눌러앉은 자도 있었습니다. 만일 진짜 마르크스주의
신봉자가 이런 실상을 간파했더라면 호리키도 저도
불같이 야단을 맞고 비열한 배신자로 낙인찍혀 금방
쫓겨났을 것입니다. 그렇지만 저도 호리키도 좀처럼 제명
처분을 당하지 않았으며 특히나 저는 합법적인 세계에
있을 때보다 그 비합법적 세계에서 오히려 더 자유롭게,
소위 '건강'하게 행동할 수 있었기 때문에 장래성 있는
동지로서 픽 하고 웃음이 날 만큼 과장되고 비밀스레
다루어지던 갖가지 임무를 떠맡게 되었습니다. 또 실제로
저는 그런 임무를 한 번도 거절하지 않고 뭐든지 태연하게
떠맡았고 쓸데없이 긴장해서 개한테(동지들은 경찰을 그렇게
부르고 있었습니다.) 의심을 사거나 불심 검문을 당해서
실패하거나 하는 일 없이 웃으면서, 또 남들을 웃기면서
그들이 위험하다고 칭하는 일을 확실하게 해치웠습니다.
그 운동에 가담한 패거리들이 큰일이나 되는 것처럼
긴장하고 시원찮은 탐정 소설 흉내까지 내며 극도로
경계하면서 저한테 부탁하는 일이란 정말이지 어이가
없을 정도로 시시한 것이었습니다만, 그래도 그들은
엄청 위험하다는 듯 잔뜩 힘을 주고 있었습니다. 그 당시

저는 당원이 되고 체포되어서 평생을 형무소에서 보내게
된다 해도 상관없었습니다. 이 세상 인간들의 '삶'이라는
것을 두려워하고 매일 밤 잠을 못 이루며 지옥에서
신음하기보다는 오히려 감옥 쪽이 편할지도 모른다고까지
생각하고 있었습니다.

사쿠라기 동의 별택에서 아버지는 손님이다 외출이다
해서 같은 집에 살아도 사흘이고 나흘이고 얼굴을 마주칠
일도 없을 정도였습니다. 그래도 어쩐지 아버지가 어렵고
무서워서 이 집에서 나가 어딘가에서 하숙이라도 했으면
하고 생각하면서도 그 말을 꺼내지 못하고 있던 차에,
아버지가 그 집을 팔 생각인 것 같다는 얘기를 집 지키는
노인한테서 들었습니다.

아버지의 의원 임기도 슬슬 다 되어 가고 여러 가지
사정이 있었던 것이 틀림없습니다만, 이제는 더 이상
선거에 나갈 의사도 없고 고향에 은거할 집도 지어 놓았고
해서 도쿄에 미련도 없으신 것 같았습니다. 그렇다고 겨우
고교생에 지나지 않는 저를 위해 저택과 하인을 두는
것도 낭비라고 생각하셨는지(아버지의 마음 또한 다른 사람들의
마음처럼 저로서는 잘 모르겠습니다만) 어쨌든 그 집은 얼마 뒤
남의 손에 넘어갔고, 저는 혼고의 모리가와 동에 있는
센유관이라고 하는 낡은 하숙집의 어두컴컴한 방으로
이사해 금방 돈에 쪼들리기 시작했습니다.

그때까지는 아버지한테서 매달 정해진 액수의 용돈을 받아 왔고 그 돈은 이삼 일 안에 금방 없어졌지만, 담배든 술이든 치즈든 과일이든 늘 집에 있었고 책이나 문방구나 옷 같은 것 일체는 근처에 있는 가게에서 언제나 외상으로 살 수 있었습니다. 아버지가 단골이셨던 동네 식당에서는 호리키한테 메밀국수라든가 새우 튀김 덮밥 같은 것을 사 주어도 그냥 가게에서 나오면 되었습니다.

그러다가 갑자기 하숙집에서 혼자 지내게 되면서 모든 것을 다달이 받는 일정한 송금으로 해결하지 않으면 안 되게 되자 저는 당황했습니다. 송금받은 돈 역시 이삼 일 사이에 떨어져 버렸고, 저는 덜컥 겁이 나고 불안해서 미칠 것 같아 아버지, 형, 누나들한테 번갈아 가며 돈을 부탁하고 "자세한 얘기는 편지로 써 보내겠습니다."라는 전보를 연발했습니다. 그 편지에서 호소한 사정들은 하나같이 익살스러운 허구였습니다. 누군가에게 뭔가 부탁하려면 먼저 그 사람을 웃기는 것이 상책이라고 생각했던 것입니다. 한편으로는 호리키가 가르쳐 준 전당포에 부지런히 다니기 시작했지만 그래도 늘 돈에 쪼들렸습니다.

필경 저한테는 아무런 연고도 없는 하숙집에서 혼자 '생활'해 나갈 능력이 없었던 것입니다. 저는 하숙방에서 혼자 가만히 있는 것이 끔찍했고 금방이라도 누군가가 갑자기 튀어나와 일격을 가할 것 같아서, 거리로 뛰쳐나가 예의 운동과 관련된 심부름을 하거나 호리키와 싼 술을 마시며 돌아다녔습니다. 그렇게 학업도 그림 공부도 거의 포기한 채 살다가 고등학교에 들어간 지 이 년째 되던 해 11월 연상의 유부녀와 정사(情死) 비슷한 사건을 일으켰습니다. 그리고 제 운명은 일변했습니다.

　　학교를 빠지지, 학교 공부는 조금도 안 하지……
그런데도 묘하게 시험 답안 쓰는 요령이 좋았는지
그때까지는 그럭저럭 고향의 가족들을 속여 넘길 수가
있었습니다. 그러나 슬슬 출석 일수 부족 등으로 학교
쪽에서 고향의 아버지한테 은밀히 보고를 한 듯, 아버지
대리로 큰형이 준엄한 문장의 긴 편지를 저한테 보내
왔습니다. 그렇지만 제가 직접적으로 느낀 고통은 그런
것보다는 돈이 없다는 것과 예의 운동과 관련된 심부름이
놀이하는 기분으로는 도저히 할 수 없을 만큼 격심해지고
바빠졌다는 것이었습니다. 저는 중앙 지구인지 무슨
지구인지, 어쨌든 혼고, 고이시가와, 간다 주변에 있는
학교 전체의 마르크스 학생 행동대 대장이라는 것이
되어 있었습니다. 그런 다음 무장봉기를 한다는 말을
듣고는 작은 주머니칼을 사고(지금 생각하면 그것은 연필을
깎기에도 너무 약해 보이는 주머니칼이었습니다.) 그것을 레인코트
주머니에 넣은 채 여기저기 뛰어다니면서 소위 '연락'을

했습니다. 술을 마시고 푹 자고 싶었지만 돈이 없었습니다. 게다가 P(당을 이런 은어로 불렀던 것으로 기억합니다만 아닐지도 모릅니다.) 쪽에서는 숨 돌릴 틈도 없이 잇따라 일거리가 날아와서 제 약한 몸으로는 도저히 해낼 수가 없는 지경에 이르렀습니다. 원래 비합법이라는 것에 대한 흥미에서 그 그룹의 심부름을 해 온 데다 그야말로 농담이 진담 된 격으로 너무 바빠지니 속으로 P 사람들한테 이거 번지수가 잘못된 거 아닙니까, 당신들 직계한테 시키는 게 낫지 않겠어요 하고 묻고 싶은 짜증스러운 감정을 품지 않을 수 없게 되었고, 결국 도망쳤습니다. 도망은 쳤지만 기분이 좋을 리 없었고, 그래서 죽기로 결심했습니다.

　그 당시 저한테 특별한 호의를 보이던 여자가 셋 있었습니다. 한 사람은 제가 하숙하고 있던 센유관의 딸이었습니다. 이 아가씨는 제가 예의 운동과 관련된 심부름 때문에 기진맥진해서 돌아와 밥도 먹지 않고 잠에 곯아떨어지면 꼭 편지지와 만년필을 들고 제 방에 들어와서는 "미안해요. 아래층에서는 여동생이랑 남동생이 시끄럽게 굴어서 차분하게 편지도 못 쓰거든요."라고 하면서 제 책상 앞에 앉아 뭔가를 한 시간 이상 긁적거리는 것이었습니다.

　모른 척하고 자면 될 일인데 그 아가씨에게 제가 뭔가 말해 줬으면 하는 기색이 역력한 것 같아서 저는 예의 수동적인 봉사 정신을 발휘해(사실은 단 한마디도 하고 싶지 않은 기분이었지만) 지쳐 빠진 몸에 음 하고 기합을 넣고는 배를 깔고 엎드려 담배를 태우면서 말했습니다.

"여자한테서 온 연애 편지로 불을 지피고 물을 데워서 목욕한 남자가 있다는군요."

"어머나. 아이, 싫어. 당신이 그랬죠?"

"우유를 끓여 먹은 적은 있지요."

"그런 분하고 함께 있다니 영광이네요. 우유 많이 드세요."

이 사람 빨리 좀 안 가 주나. 편지라니, 속이 빤히 들여다보이게. 틀림없이 가갸거겨 따위를 긁적거리고 있을 게 뻔했습니다.

"어디 좀 보여 줘 봐요."

죽어도 보고 싶지 않은 마음으로 이렇게 말하면 아이 싫어, 어머나 싫어요 하면서 좋아하는 꼴이라니. 정말 역겹고 흥이 깨질 뿐이었습니다. 그래서 저는 심부름이라도 시키자고 생각하게 되었습니다.

"미안하지만 전차 길가 약방에 가서 칼모틴 좀 사다 줄래? 너무 피곤해서 얼굴이 후끈거리고 잠이 안 와서 말이야. 미안해, 돈은……."

"괜찮아요, 돈 따위."

기뻐하며 일어섭니다. 심부름을 시킨다는 것은 결코

여자를 실망시키는 일이 아니라 오히려 기쁘게 하는
일이라는 사실 또한 저는 이미 알고 있었던 것입니다.

또 한 사람은 여자 고등 사범학교의 문과생인 소위
'동지'였습니다. 이 사람하고는 예의 운동상 임무 때문에
싫어도 매일 얼굴을 마주하지 않으면 안 되었습니다. 이
여자는 협의가 끝난 뒤에도 언제까지나 저를 쫓아다녔고
마구잡이로 저한테 이것저것 사 주곤 했습니다.

"나를 진짜 누나라고 생각해도 돼."

그 같잖음에 저는 닭살이 돋았습니다.

"그렇게 생각하고 있어요."

우수 어린 미소를 짓고 대답했습니다. 어쨌든 화나게
하면 무섭다, 어떻게든 얼버무려야 한다는 생각 때문에
저는 그 추하고 역겨운 여자에게 점점 더 봉사하게
되었습니다. 물건을 받으면(그 물건들이라는 게 정말이지
악취미에서 나온 것뿐이어서 저는 대개 그것을 참새구이집 할아버지
같은 사람한테 얼른 줘 버렸습니다.) 기쁜 표정을 짓고 농담을
해서 웃겼지요. 어느 여름날 밤 그 여자가 아무리 해도
떨어지려고 하지 않기에 그만 가 주었으면 하는 일념에
어두운 곳에서 키스를 해 줬더니, 천박하게도 미친 듯이
흥분해서는 자동차를 불러서 사람들이 운동을 위해
비밀리에 빌려 둔 건물의 좁은 방으로 저를 끌고 가
아침까지 난리굿을 치는 지경이 되었고, 저는 엉뚱한

누나로군 하고 몰래 쓴웃음을 지었습니다.

　하숙집 딸이건 이 동지건 아무래도 매일 얼굴을
마주하지 않으면 안 되는 처지였기 때문에 지금까지 일이
있었던 여러 여자들처럼 적당히 피할 수가 없어서 예의
불안감 때문에 두 사람의 비위를 열심히 맞춘 것이 저를
완전히 옴짝달싹 못 하는 형편에 이르게 하고 말았습니다.

　그즈음 저는 긴자에 있는 큰 카페의 아가씨한테
뜻밖의 신세를 졌습니다. 겨우 한 번 만났을 뿐인데도
신세 진 것이 마음에 걸려서 역시 옴짝달싹 못 할 만큼
걱정과 두려움에 휩싸여 있었습니다. 그때쯤에는 저도
구태여 호리키가 안내해 주지 않아도 혼자 전철을 탈
수 있고, 가부키 극장에도 갈 수 있었고, 가스리[7]를
입고도 카페에 들어갈 수 있을 정도로 다소의 뻔뻔함을
가장할 수 있게 되었습니다. 마음속으로는 여전히
인간들의 자신감과 폭력을 못 미더워하고 두려워하고
괴로워하면서도 겉으로는 조금씩 남들과 제대로
인사할 수 있게 되었습니다. 아니, 저는 역시 패배한
익살꾼의 괴로운 웃음을 수반하지 않고는 인사조차
하지 못하는 성격이었습니다만 주로 금전 문제에 있어서
부자유스러워진 덕택에 정신없고 갈팡질팡하긴 해도

7　잔무늬가 있는 싼 옷.

어쨌든 할 수 있는 만큼의 '기량'을(예의 운동 때문에 뛰어다닌 덕택인지 아니면 여자 혹은 술 때문인지.) 체득해 가고 있었던 것입니다. 어디에 있어도 두려워서, 오히려 큰 카페에서 수많은 취객 혹은 아가씨들이나 보이들과 섞여 있으면 저의 끊임없이 쫓기는 듯한 마음도 진정되지 않을까 하고 10엔을 들고 긴자에 있는 큰 카페에 혼자 들어가 웃으면서 "10엔밖에 없으니까 알아서 해 줘요."라고 여급한테 말했습니다.

"걱정 마세요."

말투에 어딘지 관서 지방[8] 사투리의 기운이 있었습니다. 그리고 그 한마디가 저의 와들와들 떨던 마음을 묘하게 가라앉혀 주었습니다. 아니, 돈 걱정이 없어졌기 때문이 아니었습니다. 그 사람 곁에 있으면 왠지 걱정이 사라진 것처럼 느껴졌습니다.

저는 술을 마셨습니다. 그 사람한테는 마음이 놓였기 때문에 익살 따위를 연기할 마음도 나지 않아서, 저의 천성인 말 없고 음산한 면모를 있는 그대로 드러내 보이면서 잠자코 술을 마셨습니다.

"이런 것 좋아하세요?"

여자는 갖가지 요리를 제 앞에 늘어놓았습니다. 저는

---

8   교토, 오사카, 고베 지역을 아울러 부르는 명칭.

고개를 저었습니다.

"술만 마실 거야? 나도 마시자."

가을, 추운 밤이었습니다. 저는 쓰네코(라고 한 것으로
기억합니다만 기억이 희미해서 분명하지는 않습니다. 함께 정사를
기도한 사람의 이름조차 잊어버리는 저입니다.)가 시키는 대로
긴자 뒷골목 어느 초밥 노점상에서 정말로 맛없는 초밥을
먹으면서 그 사람을 기다렸습니다. 그 사람의 이름은
잊었지만 그때 초밥이 맛이 없었다는 사실만은 어떻게 된
셈인지 확실하게 기억에 남아 있습니다. 그리고 구렁이
같은 얼굴의 까까머리 주인이 목을 흔들어 가며 능숙한
척 얼버무리면서 초밥을 쥐던 모습도 눈앞에 보이는
듯 선명하게 떠올라, 나중에 전차 같은 데서 어디서 본
얼굴인데 하며 이리저리 생각하다가 뭐야, 그때 그 초밥집
주인을 닮은 거구나 하고 고소(苦笑)한 적도 여러 번 있을
정도입니다. 그 사람의 이름과 얼굴 모습조차 기억에서
멀어진 지금도 여전히 그 초밥집 주인의 얼굴만은
그림으로 그릴 수 있을 정도로 정확하게 기억하고 있다니,
그때 초밥이 어지간히 맛이 없어서 저한테 추위와
고통을 느끼게 했는가 봅니다. 원래 저는 누가 맛있는
초밥집이라고 소문난 가게에 데리고 가 주어도 맛있다고
느낀 적이 한 번도 없습니다. 너무 크기 때문입니다.
엄지손가락 정도의 크기로 단단하게 쥐어 줄 수는 없는

것일까 하는 생각을 늘 하고 있습니다.

　　그 사람은 혼조에 있는 목수네 집 2층에 세 들어 있었습니다. 저는 그 2층에서 평상시 저의 음산한 마음을 조금도 숨기지 않고 심한 치통이라도 앓고 있는 것처럼 한쪽 손으로 볼을 누른 채로 차를 마셨습니다. 그리고 그런 제 모습이 오히려 그 사람 마음에 들었던 것 같습니다. 그 사람도 주위에 차가운 삭풍이 불고 낙엽만 휘날리는 듯한, 완전히 고립된 느낌의 여자였습니다.

　　함께 자면서 그 사람이 나보다 두 살 연상이라는 것, 고향은 히로시마라는 것을 알게 됐습니다. 그 여자는 "나한테는 남편이 있어. 히로시마에서 이발소를 했지. 작년 봄 함께 가출해서 도쿄로 도망쳐 왔지만, 남편은 도쿄에서 제대로 일자리를 잡기도 전에 사기죄로 붙잡혀 형무소에 들어갔어. 나는 매일 이것저것 차입하러 형무소에 다니고 있지만 내일부터는 그만둘래." 등의 얘기를 늘어놓았습니다. 사실 저는 어떻게 된 셈인지 여자의 신세타령 같은 것에는 전혀 흥미를 못 느끼는 성격입니다. 여자들이 이야기를 잘 못하는 것인지 이야기의 중점을 잘못 잡는 것인지, 어쨌든 저는 늘 마이동풍이었습니다.

　　'쓸쓸해.'

　　저는 여자들의 천 마디 만 마디 신세 한탄보다 이 한마디 중얼거림에 더 공감이 갈 것이 틀림없다고

생각하지만 이 세상 여자들한테서 끝내 한 번도 이
말을 들은 적이 없다는 것은 괴상하고도 이상하다고
생각합니다. 그 사람은 말로 '쓸쓸해.'라고 하지는
않았지만 무언의 지독한 쓸쓸함을 몸 바깥에 한 폭
정도 되는 기류처럼 두르고 있어서, 그 사람에게 가까이
다가가면 저도 그 기류에 휩싸여 제가 지니고 있는 다소
가시 돋친 음산한 기류와 적당히 섞여서 '물속 바위에 자리
잡은 낙엽'처럼 제 몸이 공포나 불안으로부터 멀어질 수
있었던 것입니다.

저 백치 창녀들의 품 안에서 안심하고 푹 잘 수
있었던 느낌하고는 또 완전히 다르게(무엇보다도 그 창녀들은
명랑했습니다.) 이 사기범의 아내와 보낸 하룻밤은 저한테는
행복하고(이런 엄청난 말을 아무 주저 없이 긍정적으로 사용하는 일은
이 수기 전체에서 두 번 다시 없을 것입니다.) 해방된 밤이었습니다.

그렇지만 단 하룻밤이었습니다. 아침에 잠이 깨어
일어난 저는 원래대로 경박하고 가식적인 익살꾼이 되어
있었습니다. 겁쟁이는 행복마저도 두려워하는 법입니다.
솜방망이에도 상처를 입는 것입니다. 행복에 상처를
입는 일도 있는 겁니다. 저는 상처 입기 전에 얼른 이대로
헤어지고 싶어 안달하며 예의 익살로 연막을 쳤습니다.

"'돈 떨어지는 날이 인연 끊어지는 날'이라는 속담은
말이야, 세상에서 하는 해석처럼 돈이 떨어지면 여자한테

버림받는다는 뜻이 아니야. 남자가 돈이 떨어지면 자연히 의기소침해지고 못쓰게 되고 웃는 소리에도 힘이 없어지고 괜히 비뚤어지거나 해서, 끝내는 자포자기해 자기 쪽에서 여자를 버리게 되거든. 반쯤 미친 듯 뿌리치고 내친다는 의미지. 가네자와 대사전이라는 책에 의하면 그렇다는군. 딱하게도. 나는 그 마음 이해해."

분명히 이런 시시한 얘기를 해서 쓰네코를 웃긴 걸로 기억합니다. 궁둥이가 너무 질기면 안 되지. 뒤가 무서워서 얼굴도 씻지 않고 재빨리 철수했습니다만, 그때 제가 돈 떨어지는 날이 인연이 끝나는 날이라고 한 허튼소리는 나중에 가서 의외의 인연을 만들어 냈습니다.

그러고 나서 한 달 동안 저는 그날 밤의 은인을 만나지 않았습니다. 헤어지고 나서 날이 감에 따라 희열은 사라지고 오히려 일시나마 신세를 진 일이 어쩐지 두려워져서 공연히 혼자 심한 속박을 느끼게 되었고, 그때 술값 계산을 전부 쓰네코한테 부담시킨 일까지도 점차 마음에 걸리기 시작했습니다. 결국 쓰네코 역시 하숙집 딸이나 여자 고등 사범학교 학생처럼 저를 위협하는 여자로 느껴졌고, 멀리 떨어져 있으면서도 끊임없이 쓰네코에게 겁을 먹게 되었습니다. 게다가 저는 함께 잔 여자를 다시 만나게 되면 왠지 상대방이 갑자기 불처럼 화를 낼 것 같은 생각이 들어서 만나는 것을 몹시 꺼리는 성격이었기 때문에 점점 더 긴자를 멀리하는 꼴이 되었습니다. 그러나 그 꺼리는 성격은 결코 제가 교활해서가 아니고, 여자들이 함께 잔 일과 아침에 일어나고부터의 일 사이에 티끌만큼도 관련을 짓지 않고 완전히 잊어버린 듯 두 세계를 완벽하게 단절시키며 살아가는 그 불가사의한 현상이 잘 이해되지 않았기 때문이었습니다.

11월 말쯤 저는 호리키와 간다의 포장마차에서 싼 술을 마셨는데, 이 악우(惡友)는 그 포장마차에서 나온 뒤에도 어디 가서 좀 더 마시자고 주장했습니다. 저희한테는 돈이 더 이상 없었는데도 그래도 마시자, 마시자 하며 끈덕지게 조르는 것이었습니다. 그때 제가 취해서 간이 커져 있었는지도 모르겠습니다.

"그래? 그럼 꿈나라로 데려다주지. 놀라지 말라고. 주지육림이라고 하는……."

"카페인가?"

"그래."

"가자!"

그렇게 되어 둘은 전철을 탔고, 호리키는 들떠서 말했습니다.

"나 오늘 밤 여자한테 굶주려 있어. 여급한테 키스해도 괜찮겠지?"

저는 호리키가 그런 추태를 부리는 것을 그다지
좋아하지 않았습니다. 그리고 호리키도 그것을 알고
있었기 때문에 저한테 다짐을 한 것입니다.

"알겠지? 키스할 거다. 내 옆에 앉는 여급한테 꼭
키스할 거야. 괜찮지?"

"괜찮겠지."

"아, 고마워! 내가 지금 여자한테 몹시 굶주렸거든."

긴자 4가에서 내려 쓰네코만 믿고 소위 주지육림인 큰
카페에 거의 무일푼 상태로 들어가 비어 있는 박스 좌석에
호리키와 마주 앉자마자 쓰네코와 또 한 사람의 여급이
다가왔습니다. 그런데 그 또 한 사람의 여급이 내 곁에,
그리고 쓰네코가 호리키 옆에 털썩 앉았기 때문에 저는
아차 했습니다. 쓰네코는 이제 곧 키스당한다.

아깝다고 생각한 것은 아니었습니다. 저한테는 원래
소유욕이라는 것이 적었고, 또 어쩌다 미약하게 아깝다는
마음이 드는 일이 있어도 감히 그 소유권을 당당히
주장하며 남하고 다툴 만한 기력은 없었습니다. 나중에 제
내연의 처가 강간당하는 것을 잠자코 보고만 있은 일조차
있었을 정도입니다.

가능한 한 인간들의 분쟁을 가까이하고 싶지
않았던 것입니다. 그 소용돌이에 말려드는 것이
두려웠던 것입니다. 쓰네코와 저는 단지 하룻밤을 나눈

사이였습니다. 쓰네코는 제 것이 아니었습니다. '아깝다' 따위의 분수도 모르는 욕심을 제가 가질 수는 없었습니다. 그렇지만 저는 아차 했습니다.

제 눈앞에서 호리키한테 맹렬히 키스를 당할 쓰네코의 처지가 가엾게 여겨졌기 때문입니다. 호리키한테 더럽혀지면 쓰네코는 나하고 헤어질 수밖에 없겠지. 게다가 나한테도 쓰네코를 붙잡을 만큼 적극적인 열정은 없어. 아, 이젠 이것으로 끝장난 거구나 하고 쓰네코의 불행에 일순 아차 했지만, 금방 물 흐르듯 순순히 체념하고 호리키와 쓰네코의 얼굴을 번갈아 보면서 실실 웃었습니다.

그러나 사태는 정말이지 뜻밖에도 훨씬 더 나쁘게 전개되었습니다.

"그만둘래!"

호리키가 입을 일그러뜨리며 말했습니다.

"아무리 나라도 이런 궁상맞은 여자는……."

그러고는 손들었다는 듯이 팔짱을 낀 채 쓰네코를 빤히 쳐다보면서 쓴웃음을 짓는 것이었습니다.

"술을 줘. 돈은 없어."

저는 작은 목소리로 쓰네코한테 말했습니다. 그야말로 들이붓듯이 마시고 싶었습니다. 소위 속물들의 눈으로 보면 쓰네코는 취한의 키스를 받을 가치조차도 없는, 그저 초라하고 궁상맞은 여자였던 것입니다.

의외였지만 뜻밖에도 저는 청천벽력에 박살이 난 것 같은 기분이었습니다. 저는 지금까지도 전례가 없을 정도로 끝도 없이 술을 마셨고, 어질어질 취해서는 쓰네코와 마주 보며 서글픈 미소를 나눴습니다. 글쎄, 듣고 보니 이건 묘하게 지쳐 빠진 궁상맞은 여자로군 하는 생각이 듦과 동시에 없는 사람끼리의 동질감(빈부의 불화라는 것이 진부한 것 같아도 역시 드라마의 영원한 테마 중 하나라고 지금은 생각합니다만) 같은 것이 치밀어 올라와서 쓰네코가 사랑스러우면서 불쌍했고, 그때 태어나서 처음으로 적극적으로 미약하나마 사랑의 마음이 싹트는 것을 자각했습니다. 토했습니다. 정신을 잃었습니다. 술을 마시고 그렇게 정신을 잃을 만큼 취한 것도 그때가 처음이었습니다.

눈을 뜨니 머리맡에 쓰네코가 앉아 있었습니다. 혼조의 목수네 집 2층 방에 누워 있었던 것입니다.

"돈 떨어지는 날이 인연 끊어지는 날이라고 하셔서 농담인 줄 알았더니 진담이었나 봐. 정말로 발을 끊었어. 참 복잡한 인연의 끝이네. 내가 돈을 벌어서 대 줘도 안 될까?"

"안 돼."

그러고 나서 여자도 누웠고, 새벽녘에 여자 입에서 '죽음'이라는 단어가 처음 나왔습니다. 여자도 인간으로서

삶을 영위해 나가는 데 완전히 지쳐 버린 것 같았습니다. 또 저도 세상에 대한 공포, 번거로움, 돈, 예의 운동, 여자, 학업 등을 생각하면 더 이상 도저히 견뎌 내며 살아갈 수 없을 것 같아 그 사람의 제안에 쉽게 동의했습니다.

그렇지만 그때는 아직 '죽자'는 각오가 진지하게 서 있지는 않았습니다. 어딘가 '놀이'의 기운이 깃들어 있었습니다.

그날 오전 우리 두 사람은 아사쿠사를 헤매고 다니다가 다방에 들어가 우유를 마셨습니다.

"당신이 내 줘요."

일어서서 소매에서 지갑을 꺼내어 여니 동전 세 닢뿐. 수치심보다도 참담한 느낌이 엄습했고 금방 뇌리에 떠오르는 것은 센유관의 내 방이었습니다. 교복과 이불만 남아 있을 뿐 이제는 더 이상 전당포에 맡길 만한 물건 하나 없는 황량한 방. 그 밖에는 내가 지금 입고 있는 이 잔무늬 옷과 망토뿐. 이것이 내 현실인 것이다. 더 이상 살아갈 수 없다는 것을 확실하게 깨달았습니다.

제가 우물거리고 있으니까 여자가 일어나더니 제 지갑을 들여다봤습니다.

"어머나, 겨우 그것뿐이야?"

무심한 목소리였습니다만 그것 또한 뼈에 사무치게 아팠습니다. 처음으로 제가 사랑한 사람의 말이었던

만큼 쓰라렸습니다. 동전 세 닢은 돈도 아니었던
것입니다. 그것은 그때까지 제가 맛보지 못했던
기묘한 굴욕이었습니다. 더 이상 도저히 살아갈 수
없는 굴욕이었습니다. 필경 당시의 저는 아직 부잣집
도련님이라는 자각에서 벗어나지 못했던 것이겠죠. 그때
저는 자진해서라도 죽으려고 진심으로 결심했습니다.

그날 밤 저희는 가마쿠라의 바다에 뛰어들었습니다.
여자는 이 허리띠는 가게 친구한테 빌린 거니까 하면서
허리띠를 풀어서는 개어서 바위 위에 올려놓았고, 저도
망토를 벗어서 같은 곳에 놓아두고 함께 물속으로
뛰어들었습니다.

여자는 죽었습니다. 그리고 저는 살아남았습니다.

제가 고등학생이기도 했고 또 아버지 이름도 소위
뉴스 가치라는 것이 얼마간은 있었는지, 신문에서도 꽤
크게 다루었나 봅니다.

저는 해변에 있는 병원에 입원하게 되었고 고향에서
친척 중 한 사람이 와서 이런저런 뒤처리를 해 주었습니다.
그는 고향에서 아버지를 비롯한 온 집안 식구가 격노하고
있으니 이젠 생가로부터 의절당할지도 모른다고 저한테
말하고는 돌아갔습니다. 그렇지만 저는 그런 것보다는
죽은 쓰네코가 그리워서 훌쩍훌쩍 울고만 있었습니다.
정말로 그때까지 만났던 숱한 사람들 중에 그 궁상맞은

쓰네코만을 좋아했으니까요.

하숙집 딸한테서 단가(短歌)를 쉰 편이나 적은 긴
편지가 왔습니다. "살아 줘요."라는 묘한 말로 시작하는
단가만 쉰 편이었습니다. 또 간호사들이 명랑하게
웃으면서 제 병실에 놀러 왔고, 개중에는 제 손을 꼭
쥐다가 가는 간호사도 있었습니다.

제 왼쪽 폐에 탈이 있는 것이 그 병원에서 처음
발견되었는데, 그 사실은 저한테 대단히 유리하게
작용하였습니다. 이윽고 저는 자살 방조죄라는 죄명으로
병원에서 경찰로 끌려갔지만, 경찰에서 저를 병자로
취급해 주어서 특별히 보호실에 수감되었던 것입니다.

한밤중에 보호실 옆 숙직실에서 당직을 하던 늙은
순경이 사잇문을 슬그머니 열고 "이봐!" 하고 저한테 말을
걸고는 "춥지? 이리 와서 불 좀 쪼이지."라고 했습니다.

저는 일부러 다소곳하게 숙직실로 들어가 의자에
걸터앉아 화롯불을 쬐었습니다.

"죽은 여자가 그립지?"

"네."

일부러 꺼질 것 같은 가느다란 목소리로
대답했습니다.

"그게 바로 인정이라는 거지."

그는 점차 거들먹거리기 시작했습니다.

"처음 여자하고 관계를 맺은 곳이 어딘가?"

마치 재판관처럼 점잖은 척 묻는 것이었습니다. 그는 제가 아이라고 얕잡아 보고는 가을밤의 심심풀이로 자기가 취조 주임이라도 되는 양 음담 비슷한 술회를 끌어내려는 심산인 것 같았습니다. 저는 재빨리 그 의도를 알아차렸고 웃음이 터지려는 것을 참느라 애먹었습니다. 순경의 그런 '비공식적인 심문'에는 일절 대답을 거부해도 상관없다는 사실쯤은 저도 알고 있었습니다. 그러나 긴 가을밤의 흥을 돋우기 위해 저는 어디까지나 공손하게, 그 순경이야말로 취조 주임이고 형벌의 경중을 결정하는 것도 그 순경의 생각 하나에 달려 있다는 것을 굳게 믿어 의심치 않는 것처럼 성의를 가장하고 그의 호색스러운 호기심을 다소 만족시킬 만큼 적당히 '진술'을 했습니다.

"아, 대강 알겠어. 뭐든 정직하게 대답하면 우리들도 다소는 배려하지."

"감사합니다. 잘 부탁드립니다."

거의 입신(入神)에 가까운 연기였습니다. 그리고 저 자신을 위해서는 무엇 하나 도움이 되지 않는 공연이었습니다.

날이 새자 저는 서장한테 불려 갔습니다. 이번에는 본격적인 취조였습니다.

문을 열고 서장실에 들어서는 순간이었습니다.

"야, 이것 참 미남인데. 이건 자네가 나쁜 게 아니야.
이렇게 미남으로 낳아 놓은 자네 어머니가 나쁘지."

얼굴이 까무잡잡한, 대학께나 나온 듯한 느낌의 아직
젊은 서장이었습니다. 갑자기 그런 말을 듣자 저는 얼굴
한쪽에 붉은 반점이라도 있는 흉측한 불구자가 된 것처럼
비참한 마음이 되었습니다.

유도 혹은 검도 선수 같은 서장의 취조는 실로
담백해서, 간밤의 은밀하고 집요하기 짝이 없던 노순경의
호색적인 '취조'하고는 하늘과 땅만큼 차이가 있었습니다.
심문이 끝나자 서장은 검찰청으로 보낼 서류를 쓰면서
"몸을 소중히 해야지. 혈담이 나온다면서."라고 했습니다.

그날 아침 이상하게 기침이 나서 기침이 날 때마다
손수건으로 입을 가렸는데, 그 손수건에 빨간 우박이 내린
것처럼 피가 묻었던 것입니다. 그러나 그것은 목에서 나온
피가 아니라 어젯밤 귀밑에 생긴 작은 종기를 만지작거릴
때 거기서 나온 피였습니다. 그렇지만 사실을 밝히지 않는
편이 저에게 유리한 점이 있을 것 같은 생각이 문득 들어서
그저 눈을 내리깔고 "네." 하고 얌전하게 대답했습니다.

서장은 서류를 다 쓰고 나더니 말했습니다.

"기소가 될지 어떨지 그건 검사가 결정할 일이지만
자네 신원을 인수할 사람한테 전보나 전화로 내일
요코하마 검찰청으로 와 달라고 부탁하는 편이 좋겠어.

누구든 있겠지? 보호자라든가 보증인 말이야.”

아버지의 도쿄 별택에 출입하던 고서화 골동품 상인
시부타. 저희하고 한 고향 사람으로 아버지의 심부름꾼
역할도 겸하던 땅딸막한 사십 대 독신 남자가 저의
학교 보증인으로 되어 있는 것을 저는 기억해 냈습니다.
그 남자의 얼굴, 특히 눈초리가 넙치 비슷하다고 해서
아버지는 언제나 그 남자를 넙치라고 불렀고 저도 그렇게
부르는 데 익숙해 있었습니다.

경찰 전화번호부를 빌려서 넙치네 집 전화번호를
찾아낸 다음 넙치한테 전화해서 요코하마 검찰청으로 와
달라고 부탁했더니, 넙치는 사람이 변한 것처럼 거만한
말투긴 했지만 그래도 어쨌든 승낙해 주었습니다.

“자네, 그 전화기 얼른 소독하는 게 좋을 거야. 글쎄
혈담이 나온다니 말이야.”

제가 다시 보호실로 돌아가니 순경들한테 그렇게
이르는 서장의 큰 목소리가 보호실에 앉아 있는 제
귀에까지 들렸습니다.

점심때가 지나자 저는 가느다란 끈으로 허리를
묶였고(망토로 그것을 숨길 수 있게 허락받았습니다.) 젊은
순경이 그 끈 끄트머리를 꽉 쥔 채 둘이 함께 전차를 타고
요코하마시로 향했습니다.

그렇지만 저한테는 조금의 불안감도 없었고 경찰서

보호실도 노순경도 그리웠습니다. 아, 저는 어째서 그럴까요? 죄인으로 포박당하자 오히려 마음이 놓이고 편안하게 가라앉다니. 지금 그때의 추억담을 쓰면서도 정말이지 느긋하고 즐거운 기분이 되는 것입니다.

그러나 그 시절의 추억 가운데에도 단 한 가지 진땀 나고 평생 잊을 수 없는 비참한 실수가 있었습니다. 저는 검찰청의 어두컴컴한 방에서 검사로부터 간단한 취조를 받았습니다. 검사는 사십 세 전후의 조용한(만일 제가 미남이었다 해도 그것은 소위 사악한 미모였음이 틀림없습니다만, 그 검사의 얼굴은 '올바른 미모'라고 부르고 싶을 만큼 총명하고 고요한 기운을 띠고 있었습니다.) 사람이었고 곰살맞은 인품이 아닌 것 같아서 저도 전혀 경계하지 않고 멍하니 진술하고 있었습니다. 그런데 갑자기 예의 기침이 나서 소매에서 손수건을 꺼내었는데 문득 거기 묻은 피를 보고 이 기침 또한 무슨 소용에 닿을지도 모른다는 천박한 술책으로 쿨럭쿨럭하고 두어 번 가짜 기침까지 요란하게 보태어 기침을 한 후 손수건으로 입을 가린 채 검사의 얼굴을 흘깃 보았습니다. 그 순간 검사가 말했습니다.

"진짜야?"

그는 조용한 미소를 띠고 있었습니다. 진땀이 석 되 흘렀습니다. 지금 생각해도 콱 죽고 싶어집니다. 중학교 시절 저 바보 다케이치한테서 부러 그랬지 하는 말로 등에

칼을 맞아 지옥으로 굴러떨어졌던 때의 느낌 이상이라고
해도 결코 과장이 아닌 기분이었습니다. 그 일과 이 일,
이 두 가지는 제 생애의 연기 중 대실패의 기록입니다.
검사의 그런 조용한 모멸과 맞닥뜨리느니 차라리 십 년
형을 구형받는 편이 나았다고 생각할 때조차 가끔 있을
정도입니다.

　저는 기소 유예가 되었습니다. 그렇지만 전혀 기쁘지
않았습니다. 다시없이 비참한 심정으로 검찰청의 대기실
벤치에 앉아 저를 데리러 올 넙치를 기다렸습니다.

　등 뒤에 있는 높은 창 너머로 석양에 물든 하늘이
보였고 기러기가 '여자'라는 글씨를 그리며 날고
있었습니다.

세 번째 수기

1

다케이치의 예언 중 하나는 들어맞았고, 하나는 빗나갔습니다. 여자들이 쫓아다닐 거라는 불명예스러운 예언은 맞았습니다만, 틀림없이 훌륭한 화가가 될 거라는 축복의 예언은 빗나갔습니다.

저는 조잡한 잡지의 하찮은 무명 만화가가 될 수 있었을 뿐입니다.

가마쿠라 사건 때문에 고등학교에서 쫓겨난 저는 넙치네 집 2층 삼 첩(疊)[9] 방에 칩거하게 되었고 고향에서는 다달이 극히 소액의 돈이, 그것도 저한테 직접이 아니라 넙치한테 몰래 송금되는 것 같았습니다.(게다가 그것도

---

9   일 첩은 다다미 한 장, 약 0.5평.

고향의 형들이 아버지 몰래 보내 주는 형식이었던 것 같습니다.) 그 밖에 고향하고의 연결은 완전히 끊겨 버렸습니다. 넙치는 언제나 기분이 좋지 않아서 제가 비위를 맞추려고 웃겨도 웃지 않을 뿐만 아니라 인간이 이렇게도 간단히, 그야말로 손바닥 뒤집듯이 변할 수 있는 것일까 하는 생각이 들 정도로 치사하게, 아니, 오히려 우스꽝스럽게 느껴질 정도로 지독하게 변해 버려서 "나가면 안 돼요. 어쨌든 나가지 마요."라는 말만 하는 것이었습니다.

넙치는 제가 자살할 우려가 있다고, 즉 여자 뒤를 쫓아 다시 바다에 뛰어들 위험이 있다고 어림하고 있었던 모양으로, 그래서 저의 외출을 단단히 금했던 것입니다. 그렇지만 술도 못 마셔, 담배도 못 피워, 그저 아침부터 밤까지 2층 삼 첩 방 고다쓰[10]에 파고들어 낡은 잡지 따위를 뒤적이면서 백치 같은 생활을 하고 있는 저에게는 자살할 기력조차 없었습니다.

넙치네 집은 오쿠보의 의과 대학 근처에 있었는데, 회화 골동품 가게 '청룡원'이라는 간판 글씨만은 제법 허세를 부리고 있었지만, 한 집에 두 세대가 사는 데다 가게 입구도 좁았고 가게 안은 먼지투성이였으며 시원찮은

---

10 속을 판 탁자에 화로를 넣고 그 위에 이불을 덮은 일본의 전통 난방 기구.

잡동사니만 줄줄이 놓여 있었고, 넙치는 거의 가게에 붙어
있지 않고 아침부터 까다로운 얼굴로 서둘러 나갔습니다.
사실 넙치는 그 잡동사니로 장사하는 게 아니라 이쪽의
소위 '있는 분'의 비장의 물건의 소유권을 저쪽의 '있는
분'께 양도하는 일을 거들어서 돈을 버는 것 같았습니다.
가게는 열일고여덟 살쯤 되어 보이는 점원 아이 하나가
(저를 감시하는 역할도 겸해서) 맡고 있었는데, 틈만 있으면
바깥에서 동네 아이들하고 캐치볼 같은 것을 하면서도
2층의 식객을 바보 아니면 미치광이쯤으로 생각하는지
어른들의 설교 비슷한 것까지 했고, 저는 남하고
말다툼을 못하는 성품이어서 지친 듯한, 아니면 감탄한
듯한 얼굴로 귀를 기울이고 복종하고 있었던 것입니다.
시부타라는 이름의 이 점원은 넙치가 어딘가에서 낳아
온 아이였지만 사정이 있어서 부자지간이라는 사실을
밝히지 않았습니다. 이후 시부타가 쭉 독신인 것도 그것과
관련이 있는 것 같습니다. 예전에 집안사람들한테서
그에 관한 얘기를 얼핏 들은 것 같기도 합니다만 저는
워낙 남의 일에 흥미를 못 느끼는 편이어서 깊은 내막은
아무것도 모릅니다. 그러나 그 점원의 눈초리에도 묘하게
생선 눈을 연상시키는 구석이 있었으니까 정말로 넙치의
사생아인지도 모릅니다. 그러나 그렇다면 둘은 정말로
서글픈 부자(父子)였습니다. 밤늦게 2층의 저 몰래 둘이서

메밀국수 같은 것을 배달시켜 소리 죽여 먹곤 했습니다.
넙치네 집에서 식사는 늘 그 점원 아이가 준비했는데 2층
애물단지의 식사만 별도로 쟁반에 담아서 하루에 세 번
2층으로 들고 왔고, 넙치와 점원은 계단 밑 눅눅한 사 첩
반짜리 방에서 달카닥달카닥 접시랑 반찬 그릇 부딪치는
소리를 내면서 서둘러 먹는 것이었습니다.

  3월 말의 어느 날 저녁 넙치는 생각지 않았던 횡재라도
했는지 혹은 무슨 책략이라도 있었는지(이 두 개의 추측이
다 맞는다 하더라도 저 따위는 도저히 추측할 수조차 없는 자잘한
이유가 좀 더 있었겠지요.) 신기하게도 저를 술 같은 것이
곁들여진 아래층의 식탁으로 초대했습니다. 넙치가
아닌 다랑어 회에 대접하는 주인도 스스로 감탄하고
찬탄하면서 멀거니 앉아 있는 식객한테도 술을 조금
권하고는 물었습니다.

  "이제부터 어떻게 하실 생각입니까."

  이 물음에는 대답하지 않은 채 밥상 위의 접시에서
정어리 새끼 포를 집어 들고 그 잔챙이들의 은빛 눈알을
바라보고 있으려니 술기운이 훈훈하게 돌기 시작해서,
저는 마음대로 놀러 다니던 시절이 그립고, 호리키조차도
그립고, 정말이지 '자유'가 그리워서 문득 심약하게 울
뻔했습니다.

  저는 그 집에 오고 나서는 익살을 연기할 의욕조차

잃어버려서 오로지 넙치와 점원 아이의 멸시에 몸을
내맡기고 있었습니다. 넙치 역시 저하고 속을 터놓고 긴
이야기를 나누는 건 피하는 것 같고 저 또한 그런 넙치를
쫓아다니면서 무언가를 호소할 생각 같은 것은 없어서,
거의 완전히 멍청이 식객이 되어 있었던 것입니다.

"기소 유예라는 것은 전과 몇 범이라든가 하는
것과는 다른 것 같습니다. 그러니까 당신이 마음먹기에
따라 갱생도 할 수 있다는 얘기입니다. 개과천선하려는
마음에서 진지하게 저한테 의논해 주신다면 저도 생각해
보겠습니다."

그런데 넙치의 말투에는, 아니, 이 세상 모든 사람들의
말투에는 이처럼 까다롭고 어딘지 모호하고 책임을
회피하는 듯한 미묘한 복잡함이 있어서, 거의 무익하게
생각되는 그런 엄중한 경계와 무수한 성가신 술책에 저는
언제나 당혹하고 에이 귀찮아, 아무래도 상관없어 하는
기분이 되어 농담으로 돌리거나 무언으로 수긍하게 되는,
말하자면 패배자의 태도를 취하게 되는 것이었습니다.

이때도 넙치가 다음과 같이 간단하게 말해
주었더라면 쉽게 끝날 일이었던 것을 나중에 알고 넙치의
불필요한 경계심, 아니, 이 세상 사람들의 불가사의한
허영과 체면 차리기에 말할 수 없이 암울해졌습니다.

그러니까 넙치는 그냥 이렇게 말하면 되었던 것입니다.

"공립이건 사립이건 어쨌든 4월부터 아무 학교에라도 들어가세요. 당신 생활비는 학교에 들어가고 나면 고향에서 좀 더 넉넉하게 보내 주기로 되어 있습니다."

훨씬 뒤에 알게 된 일이지만 사실은 그랬던 것입니다. 그랬다면 저도 그 말을 따랐을 겁니다. 그런데 넙치가 괜히 신중한 척 둘러말했기 때문에 묘하게 일이 틀어져서 제가 살아 나갈 방향이 완전히 바뀌어 버린 것입니다.

"저한테 진지하게 의논할 마음이 없다면 할 수 없지만."

"무슨 의논요?"

저는 정말이지 아무것도 가늠할 수가 없었습니다.

"그건 당신 마음에 달린 게 아니겠어요?"

"예컨대?"

"예컨대라니? 당신은 이제부터 어떻게 할 생각입니까?"

"일하는 편이 좋을까요?"

"아니, 당신 생각은 도대체 어떤데요?"

"그야 학교에 들어간다고 해도……."

"당연히 돈이 필요하겠죠. 그러나 문제는 돈이 아닙니다. 당신 마음이지요."

돈은 고향에서 보내 주기로 되어 있다고 왜 한마디 해 주지 않았을까요. 그 한마디에 따라서 제 마음도 결정되었을 텐데. 저는 그저 오리무중이었습니다.

"어때요? 뭔가 장래 희망이라도 있습니까? 그……
사람 하나 보살피는 것이 얼마나 힘든 일인지 보살핌을
받고 있는 사람은 모르겠지만요."

"죄송합니다."

"정말이지 걱정입니다. 제가 일단 당신을 보살피기로
한 이상 당신도 엉거주춤한 마음으로 있지 않기를 바라는
겁니다. 당당하게 갱생의 길을 걷겠다는 각오를 보여
줬으면 하는 겁니다. 예컨대 장래 방침에 대해 당신 쪽에서
저에게 진지하게 의논을 해 온다면 저도 그 의논에 응할
생각입니다. 그야 어차피 이런 가난뱅이 넙치가 돕는
거니까, 예전처럼 넉넉히 지내기를 바란다면 기대에
어긋나겠죠. 그렇지만 당신이 마음을 잡고 장래의 방침을
확실히 세워서 저한테 의논해 준다면, 저도 비록 얼마
안 되지만 조금씩이라도 당신의 갱생을 도우려고 하는
겁니다. 제 마음을 아시겠습니까? 도대체 당신은 이제부터
어떻게 할 작정입니까?"

"여기 2층에 제가 못 있게 된다면, 일을 해서……."

"진심으로 그런 말씀을 하는 거예요? 요새 같은
세상에 제국 대학을 나와도……."

"아니에요. 봉급생활자가 되겠다는 건 아닙니다."

"그럼 뭡니까?"

"화가가 될 겁니다."

큰맘 먹고 그 말을 했습니다.

"헤에?"

그때 목을 움츠리고 웃던 넙치의 얼굴에 떠오른, 정말이지 간사스러운 그림자를 저는 잊을 수가 없습니다. 경멸 같기도 하면서 경멸하고는 또 다른, 이 세상을 바다에 비유한다면 바닷속 천길만길 깊은 곳에나 그런 기묘한 그림자가 떠돌고 있을까. 뭔가 어른들 생활의 제일 밑바닥을 얼핏 보는 것 같은 웃음이었습니다.

"이래 가지고는 얘기가 안 되겠군. 전혀 마음이 잡혀 있지 않잖아. 잘 생각해요. 오늘 하룻밤 진지하게 생각해 봐요."

저는 쫓기듯이 2층으로 올라가 드러누웠지만 딱히 이렇다 할 생각이 떠오르지 않았습니다. 그리고 새벽녘에 넙치네 집에서 도망쳤습니다.

"저녁에 틀림없이 돌아오겠습니다. 왼쪽에 적은 친구네 집에 장래에 대해 의논하러 가는 거니까 걱정 마십시오. 정말입니다."

편지지에 연필로 크게 쓰고 호리키 마사오의 아사쿠사 주소와 성명을 써 놓고는 살그머니 넙치네 집을 나섰습니다.

넙치한테 훈계받은 것이 분해서 도망친 것이

아닙니다. 넙치 말대로 정말이지 저는 마음이 단단하지
못한 사나이인 데다 장래 계획이건 뭐건 저로서는 전혀
생각도 나지 않았고, 더 이상 넙치네 집에 신세 지는 것은
넙치한테도 안됐고, 그러다가 혹여 제가 분발하려는
마음이 생겨서 뜻을 세운다 해도 그 갱생 자금을 저
가난한 넙치가 다달이 도와준다고 생각하면 너무
괴로워서 더 이상 견뎌 낼 수 없을 것 같은 기분이었기
때문입니다.

　　그러나 제가 진심으로 소위 '장래 계획'을 호리키
따위에게 의논하러 가려는 생각으로 넙치네 집을 나선
것은 아니었습니다. 다만 잠깐이라도, 일순간만이라도
넙치를 안심시키고 싶어서 그냥 기억의 밑바닥에서
떠오르는 대로 호리키네 주소와 이름을 편지 끄트머리에
적었을 뿐입니다. 그사이에 조금이라도 더 멀리 도망치려는
탐정 소설식 책략에서 그런 편지를 써 두었다기보다는,
아니, 그런 마음도 어느 구석에는 있었겠지만, 그보다는
갑자기 넙치한테 충격을 주어서 그를 당혹하게 만드는
일이 두려웠기 때문이라고 하는 편이 좀 더 정확할지도
모릅니다. 어차피 들킬 게 뻔한데도 솔직하게 말하기가
무서워서 반드시 뭔가 꼬리를 다는 것이 저의 서글픈 버릇
중 하나인데, 그것은 세상 사람들이 '거짓말쟁이'라고
부르며 멸시하는 성격과 비슷하지만 저는 무슨 득이라도

보려고 그런 꼬리를 단 적은 거의 없습니다. 그저 흥이
깨지면서 분위기가 일변하는 것이 질식할 만큼 끔찍해서,
나중에 저한테 불이익이 되리라는 것을 알면서도 예의
'필사적인 서비스 정신', 그것이 비록 잘못되고 시원찮고
우스꽝스러운 것이라 할지라도 그런 서비스 정신에서 저도
모르게 한마디 덧붙이게 되는 경우가 많았던 것 같습니다.
그러나 그 습성 또한 세상의 소위 '정직한 사람들'에게
이용당하게 되었던 것입니다.

넙치네 집을 나서서 신주쿠까지 걸어가 품에 지니고
있던 책을 팔고 나니 또다시 막막해졌습니다. 저는
누구에게나 상냥하게 대했지만 '우정'이라는 것을 한
번도 실감해 본 적이 없었고(호리키처럼 놀 때만 어울리는
친구는 별도로 하고) 모든 교제가 그저 고통스럽기만 할
뿐이어서 그 고통을 누그러뜨리려고 열심히 익살을
연기하느라 오히려 기진맥진하곤 했습니다. 조금 아는
사람의 얼굴이나 그 비슷한 얼굴이라도 길거리에서
보게 되면 움찔하면서 일순 현기증이 날 정도로 불쾌한
전율이 엄습해서, 남들한테 호감을 살 줄은 알지만 남을
사랑하는 능력에는 결함이 있는 것 같았습니다.(하긴 저는
이 세상 인간들에게 과연 '사랑'하는 능력이 있는지 어떤지 대단히
의문스럽게 생각하고 있습니다.) 그런 저에게 소위 '친구' 같은
것이 있을 리 없었고 게다가 저한테는 남의 집을 '방문'하는

능력조차 없었던 것입니다. 남의 집 대문은 저한테는
저 『신곡』에 나오는 지옥의 문 이상으로 으스스했고 그
문 안쪽에서 무시무시한 용 같은 비린내 나는 짐승이
꿈틀거리는 기척을, 과장이 아니라 실제로 느꼈던
것입니다.

　아무하고도 교제가 없다. 아무 데도 찾아갈 곳이 없다.

　호리키.

　그런데 그야말로 농담이 진담이 된 꼴이었습니다.
편지에 쓴 대로 정말 아사쿠사의 호리키를 찾아가기로 한
것입니다. 그때까지 제 편에서 호리키네 집을 찾아간 적은
한 번도 없었고, 대개는 전보로 호리키를 불러냈습니다.
하지만 지금은 전보 요금조차도 부담스러웠고, 초라한
신세가 되었다는 비뚤어진 심정에서 전보로는 호리키가
와 주지 않을지도 모른다는 생각에 저한테는 다른
무엇보다도 힘든 '방문'이라는 것을 하기로 결심했습니다.
한숨을 쉬며 전철을 타고 제가 이 세상에서 유일하게
의지할 사람이 호리키라는 사실을 절감하니 왠지 등골이
오싹해지는 듯한 처절한 느낌이 엄습해 왔습니다.

　호리키는 집에 있었습니다. 더러운 골목 안의
이층집으로 호리키는 2층에 하나밖에 없는 육 첩 방을
쓰고 있었고, 아래층에서는 호리키의 노부모와 젊은
직공 세 사람이 게다 끈을 꿰매기도 하고 박기도 하고

있었습니다.

　　호리키는 그날 도회지 사람으로서의 새로운 면모를
저에게 보여 주었습니다. 바로 타산적인 약삭빠름입니다.
시골뜨기인 제가 아연해져서 눈을 크게 뜰 만큼 냉랭하고
교활한 이기주의였습니다. 저처럼 그저 끝도 없이
흘러가는 그런 사나이가 아니었던 것입니다.

　　"자네한테는 정말이지 기가 막히네. 아버지한테
용서는 받았나? 아직 아니야?"

　　도망쳤다고 할 수는 없었습니다.

　　저는 여느 때처럼 우물우물 얼버무렸습니다. 호리키가
금방 알아차릴 것이 뻔한데도 말입니다.

　　"그건 어떻게든 될 거야."

　　"이봐, 웃을 일이 아니라고. 충고하겠는데 바보짓은
이쯤에서 그만두지 그래. 오늘은 내가 볼일이 있네. 요즘
공연히 바빠서 말이야."

　　"볼일이라니, 뭔데?"

　　"이봐, 이봐. 방석 실을 끊지 말게."

　　저는 얘기를 하면서 제가 깔고 앉은 방석의
시침실이라고 하는 건지 마감 실이라고 하는 건지
방울처럼 생긴 귀퉁이의 실 중 하나를 무의식적으로
손가락으로 갖고 놀면서 쑥쑥 잡아당기고 있었습니다.
그런데 호리키는 자기네 집 물건이라면 방석 실 하나도

아까운지 겸연쩍은 기색도 없이 그야말로 눈에 쌍심지를 켜고 저를 나무라는 것이었습니다. 생각해 보니 호리키는 지금까지 저하고 교제하면서 무엇 하나 잃은 적이 없었던 것입니다.

　호리키의 노모가 단팥죽 두 그릇을 쟁반에 담아 들고 왔습니다.

　"어, 이런."

　호리키는 진정한 효자처럼 노모를 보고 진심으로 황공해했습니다. 말투도 부자연스러울 정도로 정중했지요.

　"죄송합니다. 단팥죽입니까? 저런, 호사스럽게. 이렇게 신경 안 쓰셔도 되는데. 볼일이 있어서 금방 나가지 않으면 안 되거든요. 아닙니다. 모처럼 어머니의 자랑거리인 단팥죽을 만드셨는데. 황송합니다. 먹겠습니다. 자네도 들지. 우리 어머니가 일부러 만드신 거라고. 아, 이것 참 맛있다. 야, 참 호사스럽군."

　꼭 연기만도 아닌 듯 무척 기뻐하면서 맛있게 먹는 것이었습니다. 저도 그것을 훌쩍거려 보았습니다만 팥이 적어서 싱거웠고, 새알심을 믹어 보니 새알심이 아닌 정체를 알 수 없는 물체였습니다. 가난 자체를 경멸하는 것은 결코 아닙니다.(그때 저는 그것이 맛없다고는 생각하지 않았고 노모의 성의도 마음에 스며들었습니다. 저한테는 가난에

대한 공포심은 있어도 경멸심은 없다고 믿고 있습니다.) 단팥죽과
그 단팥죽을 기꺼워하는 호리키에 의해 저는 도시
사람들의 조촐한 본성, 또 안과 밖을 딱 부러지게 나눠서
살고 있는 도쿄 사람들의 실체를 볼 수 있었습니다. 안팎
구별 없이 그저 인간의 삶에서 끊임없이 도망쳐 다니는
바보 멍청이인 저만 완전히 뒤에 처져 호리키한테조차
버려진 것 같은 느낌에 당황했고 칠이 벗겨진 젓가락을
움직이면서 견딜 수 없는 쓸쓸함을 맛보았다는 사실을
기록해 두고 싶을 뿐입니다.

　“안됐지만 오늘은 볼일이 있어서 말이야.”

　호리키가 일어서서 웃옷을 걸치며 말했습니다.

　“미안하지만 실례하겠네.”

　그때 호리키한테 여자 방문객이 찾아왔고, 제 운명도
급변했습니다.

　호리키는 갑자기 활기를 띠며 말했습니다.

　“아, 죄송합니다. 지금 제가 찾아가서 뵈려고 했는데 이
사람이 갑자기 와서. 아니, 상관없습니다. 자, 들어오시죠.”

　호리키는 어지간히 당황했는지, 제가 깔고 앉아 있던
방석을 뒤집어서 내밀었더니 그것을 빼앗아 다시 뒤집어서
그 여자한테 권하는 것이었습니다. 그 방에는 호리키의
방석 외에 손님용 방석은 한 개밖에 없었습니다.

　여자는 마르고 키가 큰 사람이었습니다. 그 여자는

방석을 옆으로 밀어 놓고 문에 가까운 한쪽 구석에
앉았습니다.

　저는 멍하니 두 사람의 대화를 들었습니다. 여자는
잡지사 사람인 듯했으며, 호리키한테 컷인지 뭔지 부탁해
둔 것이 있어서 그것을 받으러 온 것 같았습니다.

　"날짜가 좀 빠듯해서요."

　"다 되었습니다. 벌써 다 됐죠. 이겁니다, 자."

　그때 전보가 왔습니다.

　전보를 읽은 호리키의 들떠 있던 얼굴이 금방
험악해졌습니다.

　"쳇! 이봐, 자네 도대체 어떻게 된 거야."

　넙치한테서 온 전보였습니다.

　"어쨌든 당장 돌아가 주게. 내가 자네를 바래다주면
좋겠지만 그럴 시간이 없어. 가출한 주제에 그 태평스러운
얼굴이라니."

　"댁이 어느 쪽이신데요?"

　"오쿠보입니다."

　저도 모르게 대답해 버렸습니다.

　"그렇다면 회사 근처니까."

　여자는 고슈현 태생으로 스물여덟 살이었습니다. 다섯
살 된 계집애와 고엔지에 있는 아파트에서 살고 있었고

남편과 사별한 지 삼 년 되었다고 했습니다.

"당신은 눈치가 빠른 게 무척 고생하면서 자란 사람 같네요. 가엾게도."

처음으로 정부(情夫) 같은 생활을 했습니다. 시즈코(그것이 그 여자의 이름이었습니다.)가 신주쿠에 있는 잡지사에 일하러 가면 저하고 시게코라고 하는 다섯 살짜리 계집아이 둘이서 얌전하게 집을 지켰습니다. 그때까지 시게코는 어머니가 집을 비울 때면 아파트 관리인의 방에서 놀았던 것 같습니다만, '눈치 빠른 아저씨'가 놀이 친구로 나타나서 무척이나 신이 난 듯했습니다.

저는 일주일 정도 멍하니 거기에 있었습니다. 아파트 창문 바로 가까이에 있는 전깃줄에 무사 댁 하인의 모습을 본뜬 연이 하나 걸려 있었는데 먼지바람에 날리고 찢기면서도 집요하게 전깃줄에 매달려서 떨어지지 않고 고개를 끄덕이곤 해서, 저는 그것을 볼 때마다 쓴웃음이 나면서 얼굴이 붉어졌고 꿈에서까지 보게 되어 가위에 눌렸습니다.

"돈이 필요한데."

"……얼마나?"

"많이…… 돈 떨어지는 날이 인연 끊어지는 날이라는 얘기는 진짜라고."

"말도 안 돼. 그런 고루한⋯⋯."

"그래? 그렇지만 당신은 몰라. 이대로 가다간 나
도망치게 될지도 모른다고."

"도대체 어느 쪽이 더 가난한데. 그리고 어느 쪽이
도망치는데. 우습네."

"내가 번 돈으로 술, 아니, 담배를 사고 싶어. 그림도
내가 호리키 따위보다 훨씬 잘 그린다고 생각해."

그럴 때마다 제 뇌리에 저절로 떠오르는 것은 중학교
시절에 그렸던, 다케이치가 '도깨비 그림'이라고 했던 몇
장의 자화상이었습니다. 상실된 걸작. 여러 번 이사 다니는
사이에 없어져 버렸지만 분명히 뛰어난 그림이었다는
생각이 들었습니다. 그 뒤 이것저것 그려 봤지만 그 기억
속의 걸작에는 미치지 못했고 저는 언제나 가슴이 텅 빈 것
같은 느른한 상실감에 괴로워했던 것입니다.

마시다 만 한 잔의 압생트.[11]

저는 영원히 보상받지 못할 것 같은 상실감을 혼자
그렇게 표현하고 있었습니다. 그림 얘기가 나오자 제
눈앞에 그 마시다 만 한 잔의 압생트가 아른거렸습니다.
아아, 그 그림을 이 사람한테 보여 주고 싶다, 그리고
내 재능을 믿게 하고 싶다는 초조감에 몸부림치는

---

11 도수가 높은 초록색 양주.

것이었습니다.

"후후, 글쎄 어떨까? 당신은 정색하고 농담하는
모습이 귀여워."

"농담이 아니야. 정말이라고."

그 그림을 보여 주고 싶다는 헛된 번뇌에 괴로워하다가
기분을 바꾸어 체념한 채 말했습니다.

"만화 말이야. 적어도 만화라면 호리키보다 훨씬 잘
그린다고 생각해."

이 얼버무리는 익살 쪽이 오히려 진지하게
받아들여졌습니다.

"그래요, 사실은 나도 감탄하고 있었거든. 시게코한테
늘 그려 주는 만화 말이야, 나도 모르게 웃음이
터진다니까. 한번 해 보면 어떨까? 우리 회사 편집장한테
부탁해 볼게."

그 회사는 어린이를 상대로 별로 이름 없는 월간
잡지를 발행하고 있었습니다.

"……당신을 보고 있으면, 대부분의 여자들은 뭔가
해 주고 싶어서 견딜 수 없어져. ……언제나 쭈뼛쭈뼛
겁먹고, 그러면서도 익살스럽고. ……가끔 혼자 굉장히
침울해하고 있으면 그 모습이 더 여자의 마음을 흔들거든."

그 밖에도 시즈코한테서 여러 얘기를 들었고
추어올려지기도 했지만, 그게 정부의 더러운 특성이라고

생각하면 그야말로 점점 더 '침울'해질 뿐 도통 기운이
나지 않았습니다. 여자보다는 돈. 어쨌든 시즈코를 떠나
자립하고 싶다고 혼자 생각하며 이런저런 궁리를 해
봤지만 오히려 점점 더 시즈코한테 기댈 수밖에 없는
처지가 되었고, 가출 뒤처리라든가 이런 일 저런 일 거의
전부를 남자 못지않은 이 고슈 여자에게 신세 지게 되어,
저는 시즈코에게 한층 더 '기죽어 지낼' 수밖에 없게 되었던
것입니다.

시즈코의 주선으로 넙치, 호리키, 그리고 시즈코
이렇게 세 사람의 회담이 성립되어, 저는 고향에서
완전히 절연당하는 대신 시즈코와 '떳떳하게' 동거하게
되었습니다. 또 시즈코가 애써 준 덕분에 제 만화도 제법
돈이 되어서 그 돈으로 술 담배도 샀습니다만, 저의
불안과 울적함은 점점 더 심해질 뿐이었습니다. 그야말로
'침울해지고 침울해져서' 시즈코네 잡지에 매월 연재만화
「긴타 씨와 오타 씨의 모험」을 그리고 있노라면 문득 고향
집이 생각나고, 서글픈 나머지 펜이 움직이지 않아서
고개를 숙이고 눈물을 떨구기도 했습니다.

그럴 때 저에게 미약한 구원은 시게코였습니다.
시게코는 그때쯤에는 저를 아무 거리낌 없이 '아빠'라고
부르고 있었습니다.

"아빠, 기도하면 하느님이 뭐든지 들어주신다는 게

정말이야?”

　　저야말로 기도하고 싶다고 생각했습니다.

　　아아, 저에게 냉철한 의지를 주소서. ‘인간’의 본질을
알게 해 주소서. 사람이 사람을 밀쳐 내도 죄가 되지 않는
건가요. 저에게 화낼 수 있는 능력을 주소서.

　　“응, 그래. 시게코한테는 뭐든지 들어주시겠지만
아빠는 안 될지도 몰라.”

　　저는 하느님조차도 두려워하고 있었습니다. 하느님의
사랑은 믿지 못하고 하느님의 벌만을 믿었던 것입니다.
신앙, 그것은 단지 하느님의 채찍을 받기 위해 고개를
떨구고 심판대로 향하는 일로 느껴졌습니다. 지옥은
믿을 수 있었지만 천국의 존재는 아무래도 믿을 수가
없었습니다.

　　“왜 안 돼?”

　　“부모님 말씀을 안 들었거든.”

　　“그래? 아빠는 아주 좋은 사람이라고 모두들
말하던데.”

　　그건 속고 있기 때문이야. 이 아파트 사람들 전부가
나한테 호의를 갖고 있다는 건 나도 알아. 그러나 내가
얼마나 모두를 무서워하는지. 무서워하면 할수록 남들은
나를 좋아해 주고, 남들이 나를 좋아해 줄수록 나는
두려워지고 모두한테서 멀어져야만 하는, 저의 이 불행한

기벽을 시게코한테 설명하는 것은 어려운 노릇이었습니다.

"시게코는 하느님한테 무엇을 부탁하고 싶은데?"

저는 아무렇지도 않은 듯 화제를 바꿨습니다.

"시게코는 말이야, 진짜 아빠가 갖고 싶어."

화들짝 놀라고 아찔하게 현기증이 났습니다. 적(敵).
내가 시게코의 적인지, 시게코가 나의 적인지. 어쨌든
여기에도 나를 위협하는 끔찍한 인간이 있었구나. 타인.
불가사의한 타인. 비밀투성이 타인. 시게코의 얼굴이
갑자기 그렇게 보였습니다.

'시게코만은'이라고 생각하고 있었는데 역시 이 아이도
'갑자기 쇠등에를 쳐 죽이는 소꼬리'를 가지고 있었던
것입니다. 그 뒤로 저는 시게코한테조차 쭈뼛거리지 않을
수 없게 되었습니다.

"색마! 있나?"

호리키가 다시 저를 찾아오기 시작했습니다. 가출했던
날 저를 그렇게나 쓸쓸하게 만들었던 사나이인데도
저는 거절하지 못하고 희미하게 웃으면서 맞이하는
것이었습니다.

"네 만화 제법 인기가 좋다면서? 아마추어한테는
하룻강아지 범 무서운 줄 모르는 만용이 있으니 당해
낼 재간이 없군. 그렇지만 방심하지 말라고. 데생이 전혀
돼먹지 않았으니까."

스승 같은 태도까지 보이는 것이었습니다. 내가 그린
'도깨비 그림'을 이 녀석한테 보이면 어떤 얼굴을 할까 하고
예의 헛된 몸부림을 쳤습니다.

"그 얘기만은 하지 말게. 꽥 하고 비명이 나오려고 해."

호리키는 점점 더 의기양양해졌습니다.

"처세술만 믿다가는 언젠가 꼬리가 잡힐걸."

처세술? 정말이지 쓴웃음을 짓지 않을 수 없었습니다.
나한테 처세술이라니! 어떻게 하면 저처럼 인간을
두려워하고 피하는 행동이 속여도 건드리지 않으면 탈이
없다는 둥 똑똑하고 교활한 처세술과 마찬가지가 되는
걸까요. 아아, 인간은 서로를 전혀 모릅니다. 완전히 잘못
알고 있으면서도 둘도 없는 친구라고 평생 믿고 지내다가
그 사실을 알아차리지 못한 채 상대방이 죽으면 울면서
조사(弔詞) 따위를 읽는 건 아닐까요.

뭐니 뭐니 해도 호리키는 (시즈코가 부탁해서 마지못해
맡은 게 틀림없습니다만) 제 가출에 대한 뒤처리를 해 준
사람이었기 때문에 자기가 제 갱생의 대은인 아니면
중매쟁이나 되는 것처럼 굴었습니다. 거들먹거리면서
저한테 설교 비슷한 얘기를 하기도 하고, 한밤중에
취해 가지고 와서는 자고 가기도 하고, 또 5엔(언제나
5엔이었습니다.)을 빌려 가곤 하는 것이었습니다.

"그나저나 네 난봉도 이쯤에서 끝내야지. 더 이상은

세상이 용납하지 않을 테니까.”

　세상이란 게 도대체 뭘까요. 인간의 복수(複數)일까요. 그 세상이란 것의 실체는 어디에 있는 걸까요. 그것이 강하고 준엄하고 무서운 것이라고만 생각하면서 여태껏 살아왔습니다만, 호리키가 그렇게 말하자 불현듯 “세상이라는 게 사실은 자네 아니야?”라는 말이 혀끝까지 나왔습니다. 하지만 호리키를 화나게 하는 게 싫어서 도로 삼켰습니다.

　‘그건 세상이 용납하지 않아.’

　‘세상이 아니야. 네가 용납하지 않는 거겠지.’

　‘그런 짓을 하면 세상이 그냥 두지 않아.’

　‘세상이 아니야. 자네겠지.’

　‘이제 곧 세상에서 매장당할 거야.’

　‘세상이 아니라 자네가 나를 매장하는 거겠지.’

　‘너 자신의 끔찍함, 기괴함, 악랄함, 능청맞음, 요괴성을 알아라!’

　갖가지 말이 가슴속에서 교차했습니다만, 저는 다만 얼굴에 흐르는 땀을 손수건으로 닦으면서 “진땀이 나네, 진땀.” 하고 웃을 뿐이었습니다.

　그때 이후로 저는 ‘세상이란 개인이 아닐까.’ 하는 생각 비슷한 것을 가지게 되었습니다.

　그리고 세상이라는 것은 개인이 아닐까 하고 생각하기

시작하면서 저는 예전보다는 다소 제 의지대로 움직일 수 있게 되었습니다. 시즈코의 말을 빌리자면 조금 멋대로 굴게 되었고 쭈뼛쭈뼛 겁내지 않게 되었습니다. 또 호리키의 말을 빌리자면 이상하게 인색해졌습니다. 또 시게코의 말을 빌리자면 시게코를 별로 귀여워하지 않게 되었습니다.

말도 안 하고 웃지도 않고 매일매일 시게코를 돌보면서 「긴타 씨와 오타 씨의 모험」이라든가 「천하태평 아빠」의 아류가 분명한 「태평 스님」이라든가 또 「성질 급한 핀」이라든가 하는, 저 자신도 뭐가 뭔지 모르고 되는대로 제목을 붙인 연재만화 따위를 각 회사의 주문(시즈코네 회사가 아닌 곳에서도 드문드문 주문이 들어오기 시작했습니다만 모두 시즈코네 회사보다도 더 천박한, 말하자면 삼류 출판사들 뿐이었습니다.)에 응하여 정말이지 실로 음울한 기분으로 느릿느릿(저의 만화 그리는 속도는 무척 느린 편이었습니다.) 그리게 되었습니다. 이제는 그저 술값이 필요해서 붓을 움직였고, 시즈코가 회사에서 돌아오면 휭허케 밖으로 나가 고엔지 역 근처의 포장마차라든지 스탠드바에서 싸고 독한 술을 마시고 조금 명랑해져서 아파트로 돌아오곤 했습니다.

"보면 볼수록 이상한 얼굴이야. 태평 스님의 얼굴은 사실 당신의 잠든 얼굴에서 힌트를 얻은 거야."

"당신의 잠잘 때 얼굴도 꽤 늙었어요. 사십은 된 남자 같아."

"당신 탓이야. 정기를 뺏긴 거지. 물의 흐름과 사람의 팔자아아는. 무슨 시름인가 강가의 버드나무."

"소란 피우지 말고 빨리 주무세요. 아니면 식사하시겠어요?"

역시 시즈코는 침착하게 상대조차 하지 않았습니다.

"술이라면 마시지. 물의 흐름과 사람의 팔자아아는. 사람의 흐름과, 아니, 물의 흐으으름과 물의 신세에에는."

시즈코가 옷을 벗겨 주면 노래하면서 시즈코 가슴에 이마를 갖다 대고 잠드는 것이 저의 일상생활이었습니다.

그리하여 그다음 날도 같은 일을 되풀이하고,
어제와 똑같은 관례를 따르면 된다.
즉 거칠고 큰 기쁨을 피하기만 한다면,
자연히 큰 슬픔 또한 찾아오지 않는다.
앞길을 막는 방해꾼 돌을
두꺼비는 돌아서 지나간다.

우에다 빈 번역의 기 샤를 크로[12]인가 하는 사람의 이

---

12 Guy Charles Cros(1879~1956). 프랑스의 시인. 현실의 고뇌를

시구를 발견했을 때 저는 혼자 얼굴에서 불이 나는 것처럼 뻘게졌습니다.

두꺼비.

그게 나야. 세상이 용납할 것도 용납하지 않을 것도 없지. 매장이고 뭐고 할 것도 없어. 나는 개보다도 고양이보다도 열등한 동물인 거야. 두꺼비. 느릿느릿 꾸물거리기만 하는 두꺼비.

저의 주량은 점차 늘어 갔습니다. 고엔지 역 부근뿐 아니라 신주쿠, 긴자 방면까지 원정을 가서 마셨고, 외박을 하기도 했고, 무턱대고 이제까지의 관습을 따르지 않으려고 바에서 무뢰한 흉내를 내기도 하고 닥치는 대로 키스를 하기도 했습니다. 즉 또다시 정사 이전의, 아니, 그때보다 더 거칠고 야비한 술꾼이 되었고, 돈에 쪼들려서 시즈코의 옷가지를 들고 나가 전당포에 잡히는 지경이 되었습니다.

이곳에 와서 찢어진 연을 보고 쓴웃음을 지은 지 일 년이 더 지나 벚나무 잎사귀가 나올 때쯤, 저는 또 시즈코의 허리띠랑 속옷 따위를 살그머니 들고 나가 전당포에 가서 돈을 만들어서는 긴자에서 술을 마시고 이틀 밤을 연달아 외박했습니다. 삼 일째 되던 날 밤,

섬세한 감수성으로 노래했으며 저서로 『소리와 침묵』 등이 있다.

아무리 뻔뻔스러운 저라도 겸연쩍은 마음에 무의식중 발소리를 죽이고 시즈코의 방 앞에 다다르니 안에서 시즈코와 시게코의 이야기 소리가 들려왔습니다.

　"왜 술을 마시는 거야?"

　"아빠는 말이야, 술이 좋아서 마시는 게 아니에요. 너무 착한 사람이라, 그래서……."

　"착한 사람은 술 마시는 거야?"

　"꼭 그런 건 아니지만……."

　"틀림없이 아빠가 깜짝 놀랄 거야."

　"싫어하실지도 모르지. 저런, 저런, 상자에서 뛰어나왔네."

　"성질 급한 핀 같아."

　"정말."

　정말로 행복한 듯한 시즈코의 낮은 웃음소리가 들려왔습니다.

　문을 조금 열고 안을 들여다보니 하얀 새끼 토끼가 보였습니다. 깡충깡충 온 방 안을 뛰어다니는 새끼 토끼를 모녀가 쫓고 있었습니다.

　행복한 거야, 이 사람들은. 나 같은 멍청이가 이 두 사람 사이에 끼어들었으니 이제 곧 두 사람을 망쳐 놓을 거야. 조촐한 행복. 착한 모녀에게 행복을. 아아, 만일 하느님께서 나 같은 놈의 기도라도 들어주신다면 한 번만이라도, 평생에 단 한 번만이라도 좋아. 기도하겠어.

거기에 쭈그리고 앉아 합장하고 싶은 마음이었습니다. 저는 살그머니 문을 닫고 다시 긴자로 가서 다시는 그 아파트에 돌아가지 않았습니다.

저는 교바시 근처에 있는 스탠드바 2층에서 또다시 정부 같은 처지로 지내게 되었습니다

세상. 저도 그럭저럭 그것을 희미하게 알게 된 것처럼 느껴졌습니다. 세상이란 개인과 개인 간의 투쟁이고 일시적인 투쟁이며 그때만 이기면 된다. 노예조차도 노예다운 비굴한 보복을 하는 법이다. 그러니까 인간은 오로지 그 자리에서 한판 승부에 모든 것을 걸지 않는다면 살아남을 방법이 없는 것이다. 그럴싸한 대의명분 비슷한 것을 늘어놓지만, 노력의 목표는 언제나 개인. 개인을 넘어 또다시 개인. 세상의 난해함은 개인의 난해함. 대양(大洋)은 세상이 아니라 개인이라며 세상이라는 넓은 바다의 환영에 겁먹는 데서 다소 해방되어 예전만큼 이것저것 한도 끝도 없이 신경 쓰는 일은 그만두고, 말하자면 필요에 따라 얼마간은 뻔뻔스럽게 행동할 줄 알게 된 것입니다.

고엔지의 아파트를 버리고 교바시의 스탠드바 마담에게 "헤어졌어."라고 말하는 것으로 충분했습니다. 즉 제 한판 승부는 결판이 나서 그날 밤부터 저는

엉뚱하게도 그곳 2층에서 살게 된 것입니다. 그러나
끔찍해져야 할 '세상'은 저한테 아무런 해도 가하지
않았고, 또 저도 '세상'에 아무 변명도 하지 않았습니다.
마담이 그럴 생각이면 그것으로 되었던 겁니다.

저는 그 가게의 손님 같기도 하고, 남편 같기도 하고,
심부름꾼 같기도 하고, 친척 같기도 한, 남들이 보면 도통
정체를 알 수 없는 존재였을 텐데도 '세상'은 전혀 이상하게
생각하지 않았습니다. 오히려 그 가게 단골손님들은
저를 요조, 요조 하고 부르면서 무척 다정하게 대해 줬고
술까지 마시게 해 주었습니다.

저는 점차 세상을 조심하지 않게 되었습니다.
세상이라는 곳이 그렇게 무서운 곳은 아니라고까지
생각하게 되었습니다. 즉 여태까지 제가 느낀 공포란
봄바람에는 백일해를 일으키는 세균이 몇십만 마리 있고,
목욕탕에는 눈을 멀게 하는 세균이 몇십만 마리 있고,
이발소에는 대머리로 만드는 병균이 몇십만 마리 있고,
전철 손잡이에는 옴벌레가 우글우글하고, 또 생선회와
덜 익힌 소고기와 돼지고기에는 촌충의 유충이나
디스토마나 뭔가의 알 따위가 틀림없이 숨어 있고, 맨발로
걸으면 발바닥에 작은 유리 파편이 박혀서 그게 온몸을
돌아다니다가 눈알에 박혀서 실명하는 일도 있다는 등의
소위 '과학적 미신'에 겁먹는 것이나 다름없는 얘기였던

겁니다. 물론 몇십만 마리나 되는 세균이 우글거리며
돌아다니고 있다는 것은 '과학적'으로 정확한 사실이겠죠.
그러나 동시에 그 존재를 완전히 묵살해 버리면 그것은
저와 전혀 상관없는, 금방 사라져 버리는 '과학의 유령'에
지나지 않는다는 사실을 저는 알게 되었던 것입니다.
도시락 통에 먹다 남긴 밥알 세 알. 천만 명이 하루에 세
알씩만 남겨도 쌀 몇 섬이 없어지는 셈이라든가 혹은 천만
명이 하루에 휴지 한 장 절약하기를 실천하면 펄프가
얼마만큼 절약된다는 따위의 '과학적 통계' 때문에 제가
지금까지 얼마나 위협을 느꼈는지. 밥알 한 알 남길
때마다 또 코를 풀 때마다 산더미 같은 쌀과 산더미 같은
펄프를 낭비하는 듯한 착각 때문에 얼마나 괴로워하고
큰 죄를 짓는 것처럼 어두운 마음을 가져야만 했는지.
그러나 그것이야말로 '과학의 거짓', '통계의 거짓', '수학의
거짓'입니다. 천만 명이 남긴 밥알 세 알을 정말로 모을
수 있는 것도 아니고, 곱셈 또는 나눗셈 응용 문제라고
쳐도 정말이지 원시적이고 저능한 테마로서 사람들은
전등을 안 켠 어두운 화장실에서 몇 번에 한 번쯤 발을
헛디뎌 변기 구멍 속으로 떨어질까 혹은 승객 중 몇 명이
전차 문과 플랫폼 사이의 틈새에 발을 빠뜨릴까 같은
확률을 계산하는 것만큼 황당한 얘기인 것입니다. 그런
일은 정말 있을 듯하지만 제대로 발을 걸치지 못해서

화장실 구멍에 빠져 다쳤다는 얘기는 들은 적도 없고, 그런
가설을 '과학적 사실'이라 배우고 진짜 현실로 받아들여서
두려워하던 어제까지의 저 자신이 애처로워서 웃고
싶어졌을 만큼 저도 세상이라고 하는 것의 실체를 조금은
알게 되었습니다.

　　말은 이렇게 하지만 저는 역시 인간이라는 것이
여전히 무서워서 가게 손님들을 만나려면 술을 한 잔
벌컥 마시고 나서가 아니면 안 되었습니다. 무서운 것을
보고 싶어 하는 마음. 그래도 저는 매일 밤 가게에 나가서,
어린아이가 두려움을 느낄 때 손안의 작은 동물을 오히려
더 꽉 움켜쥐는 것처럼 술에 취해 가게 손님들에게 유치한
예술론을 펼칠 정도가 되었습니다.

　　만화가. 아아, 그러나 나는 큰 기쁨도 큰 슬픔도
못 느끼는 무명 만화가. 나중에 아무리 커다란 비애가
찾아올지라도 상관없다. 거칠고 큰 기쁨을 맛보고
싶다고 내심 초조해하고 있었지만, 당시 제 기쁨은 고작
손님하고 얘기나 나누고 손님한테서 술을 얻어 마시는
것뿐이었습니다.

　　교바시로 옮겨 이런 구질구질한 생활을 일 년 가까이
계속하고, 아동 잡지뿐 아니라 역에서 파는 조악하고

음란한 잡지 같은 데까지 만화를 싣게 된 저는 '조시 이키타'[13]라는 실없기 짝이 없는 필명으로 추잡한 나체화 따위를 그리고는 거기에 대개 『루바이야트』[14]의 시구를 붙였습니다.

쓸데없는 기도 따위 그만두라니까
눈물 흘리게 만드는 것 따위 벗어던져 버려
자! 한잔하자고
좋은 일만 떠올리고
쓸데없이 신경 쓰기 따위는 잊어버려

불안과 공포 따위로 사람을 겁주는 놈들은
자신이 저지른 끔찍한 죄가 두려워
죽은 자의 복수에 대비하려고
머릿속에서 끊임없이 계략을 꾸미지

불러라, 술 넘치니 내 가슴도 기쁨으로 충만하고
오늘 아침 깨어나니 황량하기만 하네

13 '정사(情死), 살았다'라는 뜻.
14 페르시아의 시인 오마르 하이얌(Omar Khayyām, 1048~1131)의 4행시 시집으로 술과 미녀와 장미를 칭송한 감미롭고 우수에 찬 시들로 이루어져 있다.

기이하다 하룻밤 사이에

달라진 이 기분이라니

뒤탈 따위 생각하는 건 그만둬

멀리서 울리는 북소리처럼

왠지 그 녀석은 불안해

방귀 뀐 것까지 일일이 죄로 친다면 못 살지

정의가 인생의 지침이라고?

그렇다면 피로 물든 전쟁터에

암살자의 칼끝에

어떤 정의가 깃들어 있다는 건가?

어디에 지도의 원리 있는가?

무슨 예지의 빛 있는가?

아름답고도 끔찍한 것은 이 세상이니

연약한 사람의 자식은 짊어질 수 없을 만큼의 짐을 짊어지지

어떻게도 할 수 없는 정욕의 씨가 심어진 탓에

선이나 악이다 죄다 벌이다 하며 저주받을 뿐

눌러 꺾을 힘도 의지도 점지받지 못한 탓에

어쩌지도 못하고 그저 갈팡질팡할 뿐

어디를 어떻게 싸다니고 있었던 게야
뭐? 비판, 검토, 재인식?
흥! 헛된 꿈을, 있지도 않은 환영을
에헷, 술을 안 마셨으니 모두 헛된 생각이라고

어때, 이 한도 끝도 없는 하늘을 보렴
그 가운데 콕 떠 있는 점이라고
이 지구가 뭣 때문에 자전하는지 알 게 뭐야
자전 공전 반전도 마음대로라고

모든 곳에서 지고한 힘을 느끼고
모든 나라 모든 민족 속에서
동일한 인간성을 발견하는
나는 이단자라나 봐
모두 성경을 잘못 읽고 있는 거라고
아니면 상식도 지혜도 없는 거라고
살아 있는 육신의 기쁨을 금하고 술을 못 먹게 하고
됐어 무스타파, 나 그런 거 끔찍이 싫어해

그렇지만 그 시절 저에게 술을 끊으라고 권하는
처녀가 있었습니다.
"안 돼요. 매일 대낮부터 취해 계시면."

바 건너편에 있는 작은 담배 가게의 열일고여덟 정도
되는 아가씨였습니다. 사람들에게 요시코라고 불리는,
얼굴이 하얗고 덧니가 있는 아이였습니다. 그 아이는 제가
담배를 사러 갈 때마다 웃으면서 충고를 하곤 했습니다.

"왜 안 되지? 뭐가 나빠? '사람의 아들이여, 술을 실컷
마시고 증오를 없애라, 없애라, 없애.'라는 페르시아의
옛 격언도 있어. 에이, 그만두자. 지치고 슬픈 가슴에
희망을 가져다주는 것은 다만 거나하게 취하게 하는
옥잔[玉杯]이라고. 알겠어?"

"모르겠어요."

"이 녀석, 키스할 테다."

"해 줘요."

겁을 내기는커녕 아랫입술을 내미는 것이었습니다.

"이런 바보. 정조 관념이……."

그러나 요시코의 표정에서는 분명 아무에게도
더럽혀지지 않은 처녀 냄새가 났습니다.

새해가 되고 매섭게 추웠던 어느 날 밤, 저는 취한 채
담배를 사러 가다가 담배 가게 앞 맨홀에 빠졌습니다.
요시코, 살려 줘 하고 소리쳤더니 요시코가 저를 끌어내
오른쪽 팔에 입은 상처를 치료해 줬습니다. 그때 요시코는
차분하게 "너무 많이 마시네요."라고 웃지도 않고
말했습니다.

저는 죽는 것은 아무렇지도 않았지만 다쳐서 피가
나고 불구자가 되는 것은 절대 사절이었기 때문에
요시코한테 치료를 받으면서 이젠 술을 끊을까 하고
생각했습니다.

"끊겠어. 내일부터 한 방울도 마시지 않을 거야."

"정말?"

"꼭 끊을 거야. 끊으면 말이야, 요시코. 내 각시가 돼
줄래?"

각시 얘기는 농담이었습니다.

"물이죠."

물이란 '물론'의 준말입니다. 모보[15]라느니
모가[16]라느니, 당시에는 여러 가지 준말이 유행하고
있었습니다.

"좋아. 손가락 걸고 약속하자. 틀림없이 끊을게."

그리고 다음 날, 저는 또 대낮부터 술을 마셨습니다.

저녁나절 비틀비틀 밖으로 나가 요시코네 가게 앞에
서서 외쳤습니다.

"요시코, 미안. 마셔 버렸어."

"어머, 장난치지 마요. 술 취한 척하고."

---

15 '모던 보이'의 준말.
16 '모던 걸'의 준말.

'이런.' 했습니다. 술기운이 확 달아나는 느낌이었습니다.

"아니, 정말이야. 정말 마셨다고. 취한 척하는 게 아니야."

"놀리지 마세요. 못됐어."

전혀 의심하려고 하지도 않는 것이었습니다.

"보면 알 텐데 말이야. 오늘도 대낮부터 마셨어. 용서해 줘."

"연기도 잘하시네."

"연기가 아니라니까. 바보, 키스할 테야."

"해 봐요."

"아니야. 내게는 자격이 없어. 각시가 되어 달라고 한 것도 단념하는 수밖에. 얼굴을 봐, 빨갛지? 정말로 마셨다니까."

"그야 석양이 비치니까 그렇죠. 날 속이려 해도 안 될걸요? 어제 약속했는데 마실 리가 없잖아요? 손가락 걸고 약속한걸요. 술을 마셨다니 거짓말, 거짓말, 거짓말."

어두컴컴한 가게 안에 앉아서 미소 짓고 있는 요시코의 하얀 얼굴. 아아, 더러움을 모르는 처녀성의 숭고함. 나는 여태껏 나보다 어린 처녀랑 자 본 적이 없다. 결혼하자. 그래서 나중에 아무리 큰 비애가 닥친다 해도 상관없다. 난폭할 만큼 큰 기쁨이 평생에 단 한 번이라도 상관없다. 처녀의 아름다움이라는 건 바보 같은 시인들의 달콤하고 감상적인 환영에 지나지 않는다고 생각하고 있었는데 이 세상에 정말로 존재하는 것이었구나. 결혼해서 봄이 되면 둘이서 자전거 타고 아오바 폭포를 보러 가야지 하고 그 자리에서 결심하고, 소위 '단칼 승부'로 처녀성이라는 요시코의 꽃을 훔치는 데 주저하지 않았습니다.

그렇게 해서 저희는 이윽고 결혼했고, 그로써 얻은 기쁨은 결코 크다고 할 수 없었지만 그 후에 온 비애는 처참이라고 해도 모자랄 만큼 정말이지 상상을 초월할 정도로 컸습니다. 저에게 '세상'은 역시 바닥 모를 끔찍한 곳이었습니다. 결코 그런 단칼 승부 따위로 하나부터 열까지 결정되는 손쉬운 곳이 아니었던 것입니다.

2

호리키와 나.

서로 경멸하면서 교제하고 서로를 쓸모없는 인간으로 만들어 가는 것이 이 세상의 소위 '교우'라는 것이라면, 저와 호리키의 관계도 교우였음은 틀림없습니다.

저는 교바시 스탠드바 마담의 의협심에

호소하여(여자의 의협심이라니 기묘한 표현입니다만, 제가
경험한 바로는 적어도 남자보다는 여자가 그 의협심이라는 것을
많이 가지고 있었습니다. 남자는 대체로 겁 많고, 겉치레만 차리고,
인색했습니다.) 담배 가게의 요시코를 내연의 처로 맞을 수
있었고, 쓰키지의 스미다강 근처에 있는 목조로 된 작은
2층 건물의 1층에 방을 얻어 함께 살게 되었습니다. 술을
끊고 슬슬 제 고정직이 되기 시작한 만화 그리기에 정성을
쏟고, 저녁 식사 후에는 둘이서 영화도 보러 가고 돌아오는
길에는 다방 같은 데 들르기도 하고 또 화분을 사기도
했습니다. 아니, 그보다는 저를 마음속으로부터 믿어
주는 이 어린 신부가 하는 말을 듣고 그 행동을 바라보는
것이 즐거워서, 어쩌면 나도 차차 인간다운 존재가 되어서
비참하게 죽지 않게 되는 것이 아닐까 하는 달콤한 생각이
희미하게 가슴속을 덥혀 주기 시작하던 참에 호리키가
다시 제 앞에 나타났습니다.

　　“요 색마. 이런, 그래도 좀 철난 얼굴이 됐네? 오늘은
고엔지 여사로부터의 심부름인데 말이야.”

　　말하다 말고는 갑자기 목소리를 낮추고 부엌에서
차 준비를 하고 있는 요시코 쪽을 턱으로 가리키면서
괜찮아? 하고 묻기에 저는 “괜찮아. 무슨 얘기를 해도
상관없어.”라고 침착하게 대답해 주었습니다.

　　사실 요시코는 신뢰의 천재라고 부르고 싶을 만큼,

교바시의 바 마담과의 관계는 물론 제가 가마쿠라에서
저지른 사건에 대해 말해 줘도 쓰네코와의 사이를
의심하지 않았습니다. 그것은 제가 거짓말을 잘해서가
아니라 때로는 노골적으로 말했는데도 요시코한테는
그것이 전부 농담으로만 들리는 것 같았습니다.

　"여전히 우쭐거리는군. 뭐, 별 얘기는 아니고
말이야…… 가끔은 고엔지 쪽에도 놀러 와 달라는
말씀이더군."

　잊을 만하면 괴조(怪鳥)가 날아와 기억의 상처를
부리로 쪼아 터뜨립니다. 그러면 금세 예전의 죄와
부끄러운 기억들이 생생하게 눈앞에 펼쳐지면서 왁! 하고
소리치게 될 것 같은 공포 때문에 가만히 있을 수가 없게
되는 것입니다.

　"마실까?"

　내가 물으면,

　"좋지."

　대답하는 호리키.

　저와 호리키. 둘의 겉모습은 닮았습니다. 똑같은
인간인 것처럼 느껴질 때도 있습니다. 물론 그건 여기저기
싼 술을 마시러 다닐 때의 이야기일 뿐입니다만. 어쨌든
둘이 얼굴을 마주하면 금방 똑같은 모습, 같은 수준의
개로 변해서는 눈 내리는 시가지를 싸돌아다니게 되는

것이었습니다.

그날 이후로 저희는 옛정을 되살린 꼴이 되어
교바시의 작은 바에도 함께 갔고, 끝내는 거나하게 취한 개
두 마리가 되어 고엔지의 시즈코네 아파트에도 찾아가서
자고 오게끔 되었습니다.

잊히지도 않습니다. 찌는 듯이 무더운
여름밤이었습니다. 호리키가 저녁 무렵 후줄근한
유카타를 입고 쓰키지에 있는 저희 집에 와서는, 오늘 그럴
만한 일이 있어서 여름 양복을 전당포에 잡혔는데 노모가
알면 곤란하다, 빨리 되찾고 싶으니 무조건 돈을 꿔
달라는 것이었습니다. 마침 저한테도 돈이 없었기 때문에
여느 때처럼 요시코한테 자기 옷을 전당포에 들고 가게
해서 돈을 마련해 호리키에게 빌려주고, 그러고 나서도
돈이 조금 남기에 그 돈으로 요시코한테 소주를 사 오게
해서 가끔 스미다강에서 약하게 불어오는 시궁창 내 나는
바람을 쏘이며 아파트 옥상에 실로 구질구질한 납량 연회
자리를 차렸습니다.

그때 저희는 희극 명사, 비극 명사 알아맞히기 놀이를
하였습니다. 그것은 제가 발명한 놀이로, 명사에는 모두
남성 명사, 여성 명사, 중성 명사 등의 구별이 있는데
그렇다면 희극 명사, 비극 명사의 구별도 있어야 마땅하다.
예컨대 증기선과 기차는 둘 다 비극 명사고 전철과 버스는

둘 다 희극 명사다. 왜 그런지를 이해 못 하는 자는 예술을 논할 자격이 없다. 희극에 하나라도 비극 명사를 삽입하는 극작가는 그것만으로도 낙제. 비극의 경우도 똑같다는 논법입니다.

"자, 준비됐어? 담배는?"

제가 묻습니다.

"비."[17]

호리키가 일언지하에 대답합니다.

"약은?"

"가루약이야, 알약이야?"

"주사."

"비."

"그럴까? 호르몬 주사도 있는데 말이야."

"아니야, 단연코 비지. 주삿바늘이라는 게 우선 훌륭한 비 아닌가?"

"좋아. 인정해 주지. 그렇지만 자네, 약이나 의사는 말이야, 그래 보여도 제법 희[18]라고. 죽음은?"

"희. 목사도 중도 그렇지."

"아주 잘했어. 그리고 삶은 비지."

17 '비극 명사'의 준말.
18 '희극 명사'의 준말.

"아니. 그것도 희."

"아니야, 그렇게 되면 모든 게 희가 돼 버려. 그럼 하나 더 묻겠는데, 만화가는? 설마하니 희라고 하지는 않겠지."

"비, 비. 대비극 명사."

"뭐야, 대(大)비는 자네 쪽이지."

이런 시시껄렁한 익살이 되어 버리면 재미없습니다만, 저희는 그 놀이가 일찍이 온 세상의 살롱[19]에 한 번도 존재한 적 없는 극히 재치 있는 놀이라고 득의만만해 있었던 것입니다.

그 당시 저는 이와 비슷한 유희를 또 하나 발명했습니다. 그것은 반의어 맞히기였습니다. 검정의 반의어는 하양. 그러나 하양의 반의어는 빨강. 빨강의 반의어는 검정.

"꽃의 반의어는?"

내가 물으면 호리키는 입을 일그러뜨리고 생각하다가 대답했습니다.

"에에, 화월(花月)이라는 요릿집이 있으니까, 달."

"아니야. 그건 반의어가 아니야. 오히려 유의어지. 별과 제비꽃도 유의어잖나? 반의어가 아니라고."

"알았어. 그러면 꿀벌이다."

---

19 주로 문학에 관해 자유롭게 이야기하던 유럽 사교계의 모임 장소.

"꿀벌?"

"모란에…… 개미던가?"

"뭐야? 그건 그림의 모티프라고. 얼버무리려 들면 안 되네."

"알았다! 꽃에는 떼구름.[20]"

"달에 떼구름이겠지."

"그래, 그래. 꽃에 바람, 바람이다. 꽃의 반의어는 바람."

"졸렬하군. 그건 나니와부시[21] 가사 아니야. 출신을 알 만하군."

"아니, 비파다."

"더 졸렬해. 꽃의 반의어는 말이야…… 이 세상에서 가장 꽃 같지 않은 것, 그것을 들어야지."

"그러니까, 그…… 잠깐. 뭐야, 여자군."

"내친김에 여자의 유의어는?"

"창자."

"자네는 참 시를 모르는군. 그럼 창자의 반의어는?"

"우유."

"야, 그건 좀 괜찮은데. 자, 그런 식으로 또 하나.

20 "달에는 떼구름, 꽃에는 바람." 호사다마라는 뜻의 관용적 표현.
21 의리, 인정 등의 주제를 악기 반주와 함께 노래하는 대중적인 창.

부끄러움의 반의어.”

　“몰염치지. 유행 만화가 조시 이키타.”

　“호리키 마사오는?”

　이때쯤 되면 두 사람 다 점점 웃음을 잃어버리고 소주에 취했을 때 특유의, 유리 파편이 머리에 가득 찬 것 같은 음산한 기분이 되어 가는 것이었습니다.

　“건방진 소리 하지 마. 나는 아직 너처럼 오랏줄에 묶이는 치욕 같은 건 겪은 적이 없어.”

　흠칫했습니다. 호리키는 내심 저를 제대로 된 인간으로 취급하지 않았던 겁니다. 단지 저를 죽어야 할 때를 놓친 쓸모없고 몰염치한 바보의 화신, 말하자면 ‘살아 있는 시체’로밖에는 생각하지 않았던 겁니다. 호리키에게는 쾌락을 위해 이용할 수 있는 것을 이용하면 그뿐인 ‘교우’였다고 생각하니 아무리 저라도 기분이 좋을 수는 없었습니다. 그러나 한편으로는 호리키가 저를 그렇게 보는 것도 당연한 것이, 저는 옛날부터 인간 자격이 없는 어린아이였던 것입니다. 역시 나는 호리키한테조차 경멸받아 마땅한지도 모른다고 고쳐 생각했습니다.

　“죄, 죄의 반의어는 뭘까. 이건 어렵다.”

　저는 아무렇지도 않은 표정을 지으며 말했습니다.

　“법이지.”

　호리키가 태연히 그렇게 대답하기에 저는 호리키의

얼굴을 다시 쳐다보았습니다. 가까운 빌딩에서 명멸하는 네온사인의 붉은빛을 받아 호리키의 얼굴은 무서운 형사처럼 위엄 있어 보였습니다. 저는 정말이지 어이가 없어져서 소리쳤습니다.

"자네! 죄라는 건 그런 게 아니야."

죄의 반의어가 법이라니! 그러나 세상 사람들은 모두 그 정도로 안이하게 생각하며 시치미를 떼고 살고 있는지도 모릅니다. 형사가 없는 곳에 죄가 꿈틀거린다지.

"그럼 뭔데? 신이야? 자네한테는 어딘지 목사 같은 구석이 있어. 기분 나쁘게."

"자, 자, 그렇게 쉽게 처리하지 말자고. 둘이서 좀 더 생각해 보자. 그렇지만 이건 재미있는 테마 아닌가? 이 테마 하나에 대한 대답만으로도 그 사람의 전부를 알 수 있을 것 같은 생각이 드는데."

"설마. ……죄의 반의어는 선이지. 선량한 시민. 즉 나 같은 것이지."

"농담은 그만두자고. 선은 악의 반의어지 죄의 반의어는 아니야."

"악과 죄는 다른가?"

"다르다고 생각해. 선악의 개념은 인간이 만든 것에 지나지 않아. 인간이 멋대로 만들어 낸 도덕이라는 것을 말로 표현한 거지."

"말이 많군. 그렇다면 역시 신이겠지. 신, 신. 뭐든지 신으로 해 두면 틀림없어. 아아, 배가 고픈데."

"지금 아래층에서 요시코가 잠두콩을 삶고 있어."

"저런, 고마워라. 내가 좋아하는 거야."

저는 양손을 머리 뒤에 베고 벌렁 누웠습니다.

"자네는 죄라는 것에 전혀 흥미가 없는 것 같군."

"그야 그렇지. 너 같은 죄인이 아니니까. 나는 난봉은 즐겨도 여자를 죽게 하거나 여자한테서 돈을 우려내거나 하지는 않거든."

죽인 게 아니야, 우려낸 게 아니야 하고 마음속 어딘가에서 희미한, 그러나 필사적인 항변의 소리가 끓어올랐습니다. 그러나 아니, 내가 나쁜 거라고 금방 다시 고쳐 생각해 버리는 이 버릇.

저는 아무리 해도 정면으로 맞서서 당당하게 토론을 하질 못합니다. 소주의 음침한 취기 때문에 시시각각 마음이 험악해지는 것을 간신히 억누르면서 거의 혼잣말처럼 중얼거렸습니다.

"그렇지만 감옥에 가는 일만이 죄는 아니야. 죄의 반의어를 알면 죄의 실체도 파악될 것 같은데. ……신, ……구원, ……사랑, ……빛, ……그러나 하느님한테는 사탄이라는 반의어가 있고, 구원의 반의어는 고뇌일 테고, 사랑에는 증오, 빛에는 어둠이라는 반의어가 있고, 선에는

악, 죄와 기도, 죄와 회개, 죄와 고백, 죄와…… 아아, 전부
유의어야. 죄의 반의어는 대체 뭘까?"

"죄의 반의어는 꿀이지.[22] 꿀처럼 달콤하거든. 아아,
배고파. 아무거나 먹을 것 좀 갖고 와."

"자네가 갖고 오면 될 것 아니야!"

거의 태어나서 처음이라고 할 만큼 격렬한 노여움의
소리가 튀어나왔습니다.

"그래? 그럼 아래층에 가서 요시코 씨하고 둘이 죄를
저지르고 오겠어. 토론보다 실제 답사. 죄의 반의어는 꿀에
절인 콩. 아니, 삶은 콩이던가?"

저는 거의 혀가 잘 돌아가지 않을 만큼 취해
있었습니다.

"맘대로 해. 아무 데건 가 버려!"

"죄와 공복(空腹), 공복과 콩. 아니, 이건 유의어인가?"

호리키는 돼먹지도 않은 소리를 하면서 일어났습니다.

죄와 벌. 도스토옙스키. 언뜻 이 생각이 머리 한쪽
구석을 스치자 흠칫했습니다. 만일 저 도스토 씨가 죄와
벌을 유의어로 생각한 것이 아니라 반의어로 병렬한
것이었다면? 죄와 벌, 절대 서로 통할 수 없는 것. 얼음과
숯처럼 융화되지 않는 것. 죄와 벌을 반의어로 생각했던

---

22 일본어로 죄는 '쓰미', 꿀은 '미쓰'이다.

도스토옙스키의 바닷말, 썩은 연못, 난마(亂麻)의 그
밑바닥…… 아아, 알 것 같다. 아니야, 아직…… 하며
머리에서 주마등이 빙글빙글 돌고 있을 때였습니다.

　"이봐! 엉뚱한 잠두콩이야. 이리 좀 와 봐!"

　호리키의 목소리도 안색도 변해 있었습니다. 방금
비틀거리며 일어나서 아래층으로 내려가자마자 되돌아온
것입니다.

　"뭔데?"

　묘하게 살기등등해진 우리 둘은 옥상에서 2층으로
내려갔습니다. 2층에서 다시 아래층 우리 방으로
내려가는 계단 중간에서 호리키가 멈춰 서더니 "봐!"라고
작은 목소리로 말하며 손가락으로 가리켰습니다.

　우리 방 위의 작은 창이 열려 있었고, 그곳으로 방
안이 보였습니다. 전깃불 아래 두 마리 짐승이 있었습니다.

　저는 어찔어찔 현기증이 나면서 이 또한 인간의
모습이야, 이 또한 인간의 모습이야, 놀랄 것 없어 등등의
말을 거친 호흡과 함께 마음속으로 중얼거리고는,
요시코를 구해야 한다는 사실도 잊어버린 채 계단에 못
박힌 듯 서 있었습니다.

　호리키가 커다랗게 기침 소리를 냈습니다. 저는 혼자
도망치듯 다시 옥상으로 뛰어 올라와 드러누워 비를
머금은 여름 밤하늘을 올려다보았는데, 그때 저를 엄습한

감정은 노여움도 아니고 혐오도 아니고 슬픔도 아닌
엄청난 공포였습니다. 묘지의 유령 따위에 대한 공포가
아니라 신사(神社)의 삼나무 숲에서 흰옷을 입은 신령과
부딪쳤을 때 느낄지도 모를, 아무 소리도 안 나오게 만드는
고대의 거칠고 난폭한 공포였습니다. 저는 그날 밤부터
새치가 나기 시작했으며 점점 더 모든 일에 자신감을
잃게 되었고, 점점 더 한없이 인간을 의심하게 되었고,
이 세상의 삶에 대한 일체의 기대, 기쁨, 공명 등에서
영원히 멀어지게 되었던 것입니다. 실로 그것은 제 생애에
있어서 치명적인 사건이었습니다. 저는 정면에서 정수리에
치명타를 입었고 그 뒤로 어떤 인간에게 접근하더라도
그때마다 그 상처가 쓰라린 것이었습니다.

　"동정은 가지만 자네도 이 일로 이제 조금은 뼈저리게
깨달았겠지. 이제 나는 두 번 다시 여기에 안 올 거야. 이건
마치 지옥 같군…… 그렇지만 요시코 씨는 용서해 줘라.
자네도 어차피 신통한 녀석은 아니잖나. 실례하네."

　거북한 장소에 오래 머물러 있을 만큼 멍청한
호리키가 아니었습니다.

　저는 일어나서 혼자 소주를 마시고 꺼이꺼이 소리
내어 울었습니다. 얼마든지, 얼마든지 울 수 있었던
것입니다.

　어느새 요시코가 삶은 콩을 수북하게 담은 접시를

들고 등 뒤에 멍하니 서 있었습니다.

"아무 짓도 안 한다고 하고는……."

"알았어. 아무 말도 하지 마. 너는 사람을 의심할 줄 모르니까. 앉아. 콩 먹자."

나란히 앉아서 콩을 먹었습니다. 아아, 신뢰는 죄인가요? 상대방 남자는 저한테 만화를 그리게 하고는 몇 푼 안 되는 돈을 거드름을 피우며 놓고 가는, 삼십 세 전후의 무지하고 몸집이 작은 상인이었습니다.

그 뒤로 그 상인은 차마 나타나지 않았습니다만, 저는 어째서인지 잠 못 드는 밤이면 그 상인에 대한 증오보다는 처음 발견했을 때 큰 기침도, 아무것도 하지 않고 그대로 저한테 알리러 다시 옥상으로 돌아온 호리키에 대한 증오와 노여움이 부글부글 끓어올라 괴로워했습니다.

용서할 것도 용서받을 것도 없었습니다. 요시코는 신뢰의 천재니까요. 남을 의심할 줄이라곤 몰랐던 것입니다. 그러나 그로 인한 비극.

신에게 묻겠습니다. 신뢰는 죄인가요?

요시코가 더럽혀졌다는 사실보다 요시코의 신뢰가 더럽혀졌다는 사실이 그 뒤에도 오래오래 저한테는 살아갈 수 없을 만큼 큰 고뇌의 씨앗이 되었습니다. 저처럼 비루하게 쭈뼛쭈뼛 남의 안색만 살피고 남을 믿는 능력에 금이 가 버린 자에게 요시코의 순결무구한 신뢰심은 그야말로 아오바 폭포처럼 상큼하게 느껴졌던 것입니다. 그것이 하룻밤 사이에 누런 오수로 변해 버렸습니다. 보세요. 그날 밤부터 요시코는 제 일비일소에 신경을 쓰게 되었습니다.

"이봐." 하고 부르면 흠칫해서 눈길을 어디 두어야 할지 몰라 했습니다. 제가 아무리 웃기려고 해도, 아무리 익살을 떨어도 절절매고, 벌벌 떨고, 무턱대고 저에게 경어를 쓰게 되었습니다.

과연 무구한 신뢰심은 죄의 원천인가요?

저는 유부녀가 겁탈당한 이야기를 이 책 저 책 찾아서 읽어 보았습니다. 그렇지만 요시코만큼 비참하게 능욕당한 여자는 하나도 없다고 생각합니다. 도대체 이건 말도 안 되는 얘깁니다. 그 왜소한 상인과 요시코 사이에 조금이라도 사랑 비슷한 감정이 있었다면 저는 오히려 구원받을 수 있었을지도 모릅니다만, 단지 어느 여름날의 하룻밤, 요시코가 신뢰해서 일어난 일이었습니다. 그리고 그뿐. 그렇지만 그 일 때문에 내 정수리는 정통으로 얻어맞아 빠개졌고, 목소리는 쉬어 버렸고, 머리에는 나이에 어울리지 않게 새치가 나기 시작했고, 요시코는 평생 절절매며 제 눈치를 보지 않을 수 없게 되었던 것입니다. 책에 나오는 대부분의 이야기는 아내의 '행위'를 남편이 용서할 것인지 말 것인지에 중점이 놓여 있는 것

같았습니다만, 그것은 저한테는 그다지 괴로운 일도 큰
문제도 아니었습니다. 용서한다 용서하지 않는다, 그런
권리를 소유하고 있는 남편이야말로 행복할지니. 도저히
용서할 수 없다고 생각한다면 난리 칠 것 없이 즉시
아내와 이혼하고 새 아내를 맞이하면 되고, 그렇지 않다면
'용서'하고 참으면 된다. 어느 쪽이건 남편의 마음 하나로
모든 것이 잘 수습될 거라는 생각마저 드는 것이었습니다.
즉 그런 사건은 남편에게 분명히 큰 충격이긴 하겠지만
단지 '충격'일 뿐이며 언제까지나 무한히 밀려왔다 쓸려
가는 파도와는 달리 권리를 가진 남편의 노여움으로 어떤
방식으로든 처리할 수 있는 문제로 저에게는 생각되었던
것입니다. 그렇지만 저희의 경우에는 남편에게 아무런
권리도 없었고, 생각하면 모든 게 제 잘못처럼 생각되었고,
남편은 화를 내기는커녕 싫은 소리 한마디 못 했고,
또 아내는 그녀가 지닌 귀한 장점 때문에 능욕당했던
것입니다. 게다가 그 장점이라는 것은 남편이 예전부터
동경하던 순결무구한 신뢰심이라는 한없이 애잔한
것이었습니다.

　　무구한 신뢰심은 죄인가?

　　유일하게 믿었던 장점에조차 의혹을 품게 된 저는 더
이상 뭐가 뭔지 알 수 없게 되었고, 그저 알코올에 손을
뻗칠 뿐이었습니다. 제 얼굴은 극도로 천박해졌습니다.

저는 아침부터 소주를 마셨고, 이빨은 흐물흐물 빠지기
시작했고, 만화도 거의 외설에 가까운 것을 그리게
되었습니다. 아니, 분명히 말하겠습니다. 저는 그때부터
춘화를 모사해서 밀매했습니다. 소주를 살 돈이 필요했던
것입니다. 언제나 저한테서 시선을 돌리고 절절매고 있는
요시코를 보면, 이 여자는 경계라는 것을 전혀 모르니까 그
장사꾼하고 한 번만 그런 게 아니지 않을까? 또 호리키는?
혹시 내가 모르는 사람하고도? 하는 의심이 꼬리를
물었습니다. 하지만 그렇다고 작정하고 추궁할 용기는
없어서 예의 불안과 공포에 몸부림치며 소주를 마시고
취해서는 기껏 비굴한 유도 신문 같은 것을 쭈뼛쭈뼛
시도해 보고 어리석게도 속으로는 일희일비하면서
겉으로는 공연히 익살을 떨고, 그러고 나서는 요시코에게
저주스러운 지옥의 애무를 가하고 곯아떨어지는
것이었습니다.

그해 말 잔뜩 취해서 귀가한 어느 날 밤, 저는
설탕물이 마시고 싶었습니다. 요시코는 잠들어 있는 것
같기에 부엌에 가서 설탕 통을 찾아내 뚜껑을 열어 보니,
설탕은 하나도 들어 있지 않고 길쭉하고 작은 까만 종이
상자가 들어 있었습니다. 무심코 집어 든 순간, 그 상자에
붙어 있는 라벨을 보고 깜짝 놀랐습니다. 라벨은 손톱으로
반 이상 벗겨져 있었지만 남아 있는 부분의 영어 문자는

또렷했습니다. DIAL.

디알. 그즈음 저는 주로 소주를 마셨기 때문에
수면제는 먹지 않았습니다만, 불면은 저의 지병과 같은
것이었기에 대부분의 수면제에 익숙했습니다. 이 디알
한 상자면 분명 치사량 이상입니다. 아직 상자를 완전히
뜯지는 않았지만 언젠가는 일을 치를 작정으로 이런
곳에, 게다가 라벨을 벗겨서 숨겨 둔 게 틀림없었습니다.
가엾게도 그 아이는 라벨의 서양 글씨를 못 읽기 때문에
손톱으로 반쯤 벗겨 내고는 그것으로 됐다고 생각했던
겁니다.(너한테는 죄가 없어.)

저는 소리 나지 않게 살그머니 컵에 물을 채우고
천천히 상자를 뜯어서 단숨에 입안에 전부 털어 넣고
컵의 물을 침착하게 다 마시고는 전깃불을 끄고 그대로
잠들었습니다.

저는 삼 일 동안 죽은 듯이 잠만 잤고 의사는 과실로
처리해 경찰에 신고하는 것을 유예해 주었다고 합니다.
정신이 돌아오기 시작하면서 제일 먼저 중얼거린 헛소리가
집에 가겠다는 말이었다고 합니다. 집이 어디를 가리킨
건지는 당사자인 저도 잘 모르겠습니다만, 하여간 그렇게
말하고는 엉엉 울었다고 합니다.

점차 안개가 사라지고 나서 보니 머리맡에 넙치가
아주 불쾌한 얼굴로 앉아 있었습니다.

"지난번에도 연말이었죠. 다들 정말이지 눈이 빙빙 돌 정도로 바쁜데 언제나 연말을 노려서 이런 일을 저지르니 이쪽은 죽을 지경입니다."

넙치의 얘기를 들어 주고 있는 것은 교바시의 바 마담이었습니다.

"마담."

제가 불렀습니다.

"응, 뭐? 정신이 들어?"

마담은 웃는 얼굴을 제 얼굴 위에 덮치듯이 하면서 말했습니다.

저는 눈물을 뚝뚝 흘렸습니다.

"요시코와 갈라서게 해 주세요."

저 자신도 뜻밖인 말이 나왔습니다.

마담은 몸을 일으키고 가늘게 한숨을 쉬었습니다.

그러고 나서 저는 이 또한 정말 생각도 못 했던, 우습기도 하고 어리석기도 한 형용하기 어려운 실언을 했습니다.

"나는 여자가 없는 곳으로 갈 테야."

우선 넙치가 와하하 하고 큰 소리로 웃었고, 마담도 킥킥 웃기 시작했고, 저도 눈물을 흘리면서 얼굴을 붉히고 쓴웃음을 지었습니다.

"응, 그러는 편이 좋겠어."

넙치는 언제까지고 새들새들 웃으면서 말했습니다.

"여자가 없는 곳에 가는 편이 좋겠어. 여자가
있으면 아무래도 안 돼. 여자가 없는 곳이라니 참 좋은
생각입니다."

여자가 없는 곳. 그러나 저의 이 바보 같은 헛소리는
나중에 무척 음산한 형태로 실현되었습니다.

요시코는 제가 자기 대신 독약을 먹었다고 생각했는지
전보다 한층 더 저한테 절절맸고 제가 무슨 얘길 해도
웃지 않고 제대로 말도 못 하는 지경이 되었습니다.
그리고 저도 아파트 안에만 있는 것이 답답해 저도
모르게 밖으로 나가 또다시 싸구려 술을 퍼마시게 되는
것이었습니다. 디알 사건 이후로 저는 살이 많이 빠졌고,
손발이 노곤해졌고, 만화 그리는 일에도 점점 소홀해졌고,
넙치가 그때 병문안이라며 두고 간 돈을 가지고(넙치는 제
마음입니다 하며 자기가 주는 돈인 것처럼 그것을 내밀었습니다만
아무래도 고향에서 제 형들이 보낸 돈 같았습니다. 저도 그때쯤에는
넙치네 집에서 도망쳤던 때와는 달리 넙치의 그런 거들먹거리는
연기를 어렴풋하게나마 간파할 수 있게 되었기 때문에 사정을 전혀
알아차리지 못한 척 얌전하게 그 돈에 대한 사례를 하긴 했지만,
넙치가 왜 그런 복잡한 책략을 쓰는 건지 알 것도 같고 모를 것도
같고, 제 눈에는 아무래도 이상하게만 보였습니다.) 큰맘 먹고
혼자서 시즈오카현에 있는 미나미 이즈의 온천장에도

가 보곤 했습니다만, 그렇게 태평스럽게 온천 여행을
다닐 성격은 못 되었나 봅니다. 요시코를 생각하면 그저
쓸쓸하기 그지없었고 여관방에서 먼 산을 바라보거나
하는 차분한 심정과는 거리가 아득히 멀었습니다. 결국
여관에서 내주는 옷으로 갈아입지도 않고 목욕도 하지
않고 밖으로 튀어 나가서는, 지저분한 찻집 같은 데 뛰어
들어가 소주를 그야말로 뒤집어쓰듯이 퍼마시고, 몸이 더
나빠져서 귀경하는 것이었습니다.

　　도쿄에 큰 눈이 내린 밤이었습니다. 저는 취한 채 긴자
뒷골목에서 여기는 고향에서 몇백 리, 여기는 고향에서
몇백 리 하고 작은 목소리로 되풀이해 중얼거리듯이
노래하면서 내리는 눈을 구둣발로 차며 걷다가 갑자기
토했습니다. 그것이 저의 최초의 각혈이었습니다. 눈
위에 커다란 일장기가 그려졌습니다. 저는 잠시 쭈그리고
앉아서 더럽혀지지 않은 눈을 양손으로 쓸어 담아 얼굴을
씻으면서 울었습니다.

　　여기는 어디의 샛길이지?
　　여기는 어디의 샛길이야?

　　멀리서 어린 소녀의 서글픈 노랫소리가 환청처럼
희미하게 들려왔습니다. 불행. 이 세상에는 갖가지
불행한 사람이, 아니, 불행한 사람만 있다고 해도 과언은

아니겠죠. 그러나 그 사람들의 불행은 소위 세상이라는
것에 당당하게 항의할 수 있는 불행이고, 또 '세상'도 그
사람들의 항의를 쉽게 이해하고 동정해 줍니다. 그러나 제
불행은 모두 제 죄에서 비롯된 것이기 때문에 아무에게도
항의할 수 없었고, 또 우물쭈물 한마디라도 항의 비슷한
얘기를 하려 하면 넙치가 아니더라도 세상 사람들 전부가
뻔뻔스럽게 잘도 이런 말을 하는군 하고 어이없어할 것이
뻔했습니다. 제가 세상에서 말하는 '방자한 놈'인 건지
아니면 반대로 마음이 너무 약한 놈인 건지 저 자신도 알
수 없었지만 어쨌든 죄악 덩어리인 듯, 끝도 없이 점점 더
불행해지기만 할 뿐 막을 수 있는 구체적인 방법은 없었던
것입니다.

저는 일어나서, 급한 대로 우선 적당한 약을
먹어야겠다 생각하며 가까운 약방으로 들어갔다가 그곳
부인과 눈이 마주쳤습니다. 그런데 그 순간 부인은 플래시
세례를 한꺼번에 받기라도 한 것처럼 얼굴을 쳐들고
눈을 크게 뜨더니 굳어 버렸습니다. 그 크게 뜬 눈에는
경악의 빛도, 혐오의 빛도 없었고 거의 구원을 바라는
듯한, 그리운 듯한 빛이 이려 있었습니다. 아아, 이 사람도
틀림없이 불행한 사람이다. 불행한 사람은 남의 불행에도
민감한 법이니까 하고 생각했을 때 언뜻 그 부인이
목다리를 짚고 위태롭게 서 있는 것을 알아차렸습니다.

달려가서 부축해 주고 싶은 마음을 억누르고 여전히
그 부인과 얼굴을 마주 보고 서 있는 사이 눈물이
나왔습니다. 그러자 부인의 큰 눈에서도 눈물이 뚝뚝
넘쳐흘렀습니다.

　저는 그대로 한마디도 하지 않고 그 약국에서 나와
비틀거리며 집으로 돌아왔습니다. 그리고 요시코한테
소금물을 만들게 해서 마신 뒤 아무 소리 없이 잠자리에
들었고, 그다음 날도 감기 기운이 있다고 거짓말을 하고는
하루 종일 잤습니다. 그러나 밤이 되자 제 비밀인 각혈이
아무래도 불안해 견딜 수가 없어서, 그 약방에 다시 가서
이번에는 웃으며 정말이지 솔직하게 지금까지의 몸 상태를
부인에게 전부 털어놓고 의논했습니다.

　"술을 그만 드시지 않으면 안 돼요."

　우리는 마치 혈육 같았습니다.

　"알코올 중독자가 되어 버렸는지도 모릅니다. 지금도
마시고 싶거든요."

　"안 돼요. 우리 주인도 폐결핵인 주제에 술로 균을
죽인다며 술만 마시다 수명을 줄였죠."

　"불안해서 못 견디겠어요. 두려워서 도저히 마시지
않고는 못 배기겠단 말입니다."

　"약을 드릴게요. 술은 그만 드세요."

　부인은 목다리를 딸가닥딸가닥 울리면서 저를 위해

이쪽저쪽 선반에서 갖가지 약품을 찾아 주었습니다. 그
부인은 과부로 아들이 하나 있었는데, 그 아이는 치바
시인가 어딘가의 의과 대학에 들어간 지 얼마 안 돼
아버지와 같은 병에 걸려 휴학하고 병원에 입원 중이었고,
집에는 중풍에 걸린 시아버지가 누워 있었고, 부인 자신은
다섯 살 때 앓았던 소아마비 때문에 한쪽 다리를 전혀 못
썼습니다.

　이건 조혈제.

　이건 비타민 주사제. 주사기는 이것.

　이건 칼슘. 위를 버리지 않게 소화제.

　이건 뭐, 이건 뭐 하면서 대여섯 종류의 약품에 대해
애정을 담아 설명해 주었지만, 이 불행한 부인의 애정 또한
저에게는 너무 과했습니다. 마지막에 부인이 이건 아무리
애써도 술을 마시고 싶어 못 견딜 때를 위한 약이라고
하면서 재빨리 종이에 싸 준 상자.

　모르핀 주사액이었습니다.

　술보다는 해가 되지 않는다고 부인이 말했고 저도
그 말을 믿었고, 한편으로는 저도 술 냄새가 불결하게
느껴지기 시작한 참이고 오래간만에 알코올이라는
사탄에게서 도망칠 수 있다는 기쁨도 있었기에, 저는
아무런 주저 없이 제 팔에 그 모르핀을 주사했습니다.
그러자 불안감과 초조함과 수치심이 깨끗이 사라지면서

저는 아주 명랑한 웅변가가 되었습니다. 그 주사를 맞으면 몸이 쇠약해진 사실도 잊고 만화 일을 열심히 하게 되었고, 그러면서 저 자신도 웃음이 터질 만큼 절묘한 만화가 태어나는 것이었습니다.

하루에 한 개라던 결심이 두 개가 되고 네 개가 되었을 때쯤에는 그 약이 없으면 일을 못 하게 되어 버렸습니다.

"안 돼요, 중독되면. 그러면 정말 큰일 나요."

약방 부인한테 이런 말을 듣고 나니 이미 상당히 심각한 중독자가 되어 버린 것 같은 느낌이 들었고(저는 정말이지 남의 암시에 쉽게 걸리는 성격이었습니다. 이 돈은 쓰면 안 돼 하고 말하면서 "너니까 알 수 없지만." 따위의 말을 덧붙이면 왠지 쓰지 않으면 안 될 것 같은, 쓰지 않으면 기대를 저버리는 것 같은 묘한 착각이 들어서 꼭 그 돈을 써 버리는 것이었습니다.) 중독에 대한 불안 때문에 약을 더 많이 찾게 되었습니다.

"제발 부탁이야! 한 상자만 더. 계산은 월말에 꼭 할게요."

"계산 같은 건 아무 때고 상관없지만 경찰 때문에 시끄러워서 그래요."

아아, 제 주변에는 언제나 뭔가 혼탁하고 어둡고 어딘지 수상쩍고 떳떳하지 못한 자의 기척이 따라다니는 것이었습니다.

"어떻게 눈가림을 좀 해 달란 말이야. 부탁해요, 부인.

키스해 줄게."

부인은 얼굴을 붉혔습니다.

저는 점점 더 뻔뻔스럽게 말했습니다.

"약이 없으면 일이 전혀 진전되지 않는다고. 나한테는 그게 강장제나 같거든."

"그럼 숫제 호르몬 주사가 낫지 않을까요?"

"사람을 우습게 보면 안 돼요. 술 아니면 그 약. 둘 중 하나가 아니면 일을 못 해요."

"술은 안 돼요."

"그렇죠? 그 약을 쓰기 시작하면서 술은 한 방울도 안 마셨어요. 덕택에 몸 상태가 아주 좋아요. 나도 언제까지나 시원찮은 만화 따위나 그리고 있을 생각은 없다고요. 이제부터 술도 끊고 건강도 되찾고 열심히 공부해서 반드시 훌륭한 화가가 돼 보일게. 지금이 중요한 때라고요. 그러니까 네? 부탁입니다. 키스해 줄까?"

"참 큰일이네요. 중독돼도 나는 몰라요."

부인은 웃음을 터뜨리고 딸가닥딸가닥 목다리 소리를 내면서 그 약을 선반에서 꺼냈습니다.

"한 상자는 못 드려요. 금방 다 써 버리시니까. 반이에요."

"쩨쩨하기는. 뭐, 할 수 없지."

집에 돌아와서 금방 주사를 한 방 놓았습니다.

"안 아프세요?"

요시코가 쭈뼛쭈뼛 저에게 물었습니다.

"아프지. 그렇지만 능률을 올리기 위해서는 싫어도 이 짓을 하지 않으면 안 되거든. 내가 요새 기운이 아주 왕성하지? 자, 일이다. 일, 일."

큰 소리로 떠들어 댔습니다.

한밤에 약방 문을 두드린 적도 있습니다. 잠옷 차림으로 딸가닥딸가닥 목다리를 짚고 나온 부인에게 갑자기 달려들어 키스하고는 우는 흉내를 냈습니다.

부인은 아무 소리 안 하고 저에게 한 상자 건넸습니다.

이 약품 또한 소주처럼, 아니, 그 이상으로 불결하고 저주스러운 것이라는 사실을 마음속에서 절감하게 된 것은 이미 완전히 중독자가 되어 버린 후였습니다. 정말 몰염치의 극치였습니다. 저는 그 약품을 손에 넣고 싶은 일념에 또 춘화 모사를 시작했고, 약국 부인과 글자 그대로 추잡한 관계까지 맺었습니다.

죽고 싶다. 숫제 죽고 싶다. 이제는 돌이킬 수 없어. 무슨 짓을 해도, 무얼 해도 잘못될 뿐이다. 창피에 창피를 더할 뿐이다. 자전거를 타고 아오바 폭포에 가겠다니, 나로서는 바랄 수도 없는 일이야. 그저 추잡한 죄에 한심한 죄가 겹치고, 고뇌가 증폭하고 격렬해질 뿐이야. 죽고 싶어. 죽지 않으면 안 돼. 살아 있다는 것 자체가 죄의

씨앗이야. 이렇듯 외곬으로 생각하면서도 여전히 집과
약국 사이를 반미치광이처럼 왕복할 뿐이었습니다.

아무리 일을 늘려도 약의 사용량도 함께 늘었기
때문에 약방 빚은 끔찍할 정도의 액수가 되었습니다.
부인은 제 얼굴만 보면 눈물을 보였고, 그러면 저도 따라서
눈물을 흘렸습니다.

지옥.

이 지옥에서 도망칠 최후의 수단. 저는 이번에도
실패하면 이제는 목을 매는 수밖에 없다는, 하느님의
존재를 내기에 걸 정도의 결의를 가지고 고향에 계신
아버지에게 긴 편지를 써서 제 사정을 전부(여자 얘기는 차마
못 썼습니다.) 고백하기로 했습니다.

그러나 결과는 한층 더 나빠서, 아무리 기다려도
답장이 오지 않자 그로 인한 초조와 불안 때문에 오히려
약의 양이 늘어 버렸습니다.

오늘 밤 열 개를 한꺼번에 주사하고 강에 뛰어들자.
혼자 각오를 한 날 오후, 넙치가 악마의 육감으로 낌새라도
챈 깃처럼 호리키를 이끌고 나타났습니다.

"너, 각혈했다면서?"

호리키는 내 앞에 책상다리를 하고 앉자마자 이렇게
말하더니 그때까지 한 번도 본 적이 없는 다정한 미소를

지었습니다. 그 다정한 미소가 고맙고 기뻐서 저도 모르게
얼굴을 돌리고 울었습니다. 그리고 그의 그 다정한 미소
하나에 저는 인생의 완전한 패배자가 되어 매장되어
버리고 말았습니다.

　저는 자동차에 태워졌습니다. 넙치도 어쨌든
입원하지 않으면 안 돼, 뒷일은 우리한테 맡겨요 하고
숙연한 어조로('자비로운'이라고 형용하고 싶을 만큼 조용한
어조였습니다.) 저에게 권했고, 저는 의지도 판단력도
없는 사람처럼 그저 훌쩍훌쩍 울면서 두 사람이 시키는
대로 유순하게 따랐습니다. 요시코까지 포함한 우리 네
사람은 꽤 오랫동안 자동차 안에서 흔들리다가 주위가
어두컴컴해졌을 때쯤 숲속에 있는 커다란 병원 현관에
도착했습니다.

　저는 요양소일 거라고만 생각하고 있었습니다.

　한 젊은 의사가 묘하게 온화하고 정중한 태도로 저를
진찰하더니 "글쎄요, 당분간 여기서 정양하시지요."라고
수줍은 듯 미소 지으며 말했고, 넙치와 호리키와 요시코는
저만 남겨 두고 돌아가기로 했습니다. 요시코는 갈아입을
옷이 들어 있는 보따리를 저한테 건네주고는, 허리띠
사이에서 주사기와 쓰다 남은 예의 약품을 꺼내어 잠자코
내밀었습니다. 여전히 강장제라고만 생각하고 있었던
걸까요.

　　"아니. 이젠 필요 없어."

　　정말 신기한 일이었습니다. 누가 무언가를 주었을 때 거절한 것은 제 생애에서 그때 단 한 번뿐이었다고 해도 과언이 아닙니다. 제 불행은 거절할 능력이 없는 자의 불행이었습니다. 권하는데 거절하면 상대방 마음에도 제 마음에도 영원히 치유할 길 없는 생생한 금이 갈 것 같은 공포에 위협당하고 있었던 것입니다. 그렇지만 그때 저는 그렇게 반미치광이처럼 원하던 모르핀을 실로 자연스럽게 거절했습니다. 말하자면 '하느님 같은' 요시코의 무지에 감동했던 것일까요. 아니면 그 순간 이미 중독자가 아니게 되었던 것일까요.

　　그러고 나서 저는 금방 그 수줍은 듯한 미소를 띤 젊은 의사의 안내를 받아 어떤 병동에 수용되었고, 철컥 하고 열쇠가 잠겼습니다. 정신 병원이었던 것입니다.

　　여자가 없는 곳으로 가겠다는, 디알을 먹었을 때 제가 했던 바보 같은 헛소리가 정말이지 기묘하게 실현된 셈입니다. 그 병동에는 남자 미치광이뿐이어서 간호사도 남자였고 여자라곤 한 사람도 없었습니다.

　　이제 저는 죄인은커녕 미치광이가 되어 버린 것입니다. 아니요, 저는 결코 미치지 않았습니다. 단 한순간도 미친 적은 없었습니다. 아아, 그렇지만 광인들은 대개 그렇게들 말한다고 합니다. 즉 이 병원에 들어온 자는 미친 자,

들어오지 않은 자는 정상이라는 얘기가 되는 것이지요.

신에게 묻겠습니다. 무저항은 죄입니까?

호리키의 그 이상하고도 아름다운 미소에 저는
울었고, 판단도 저항도 잊어버렸고, 자동차를 탔고,
여기에 끌려와서 정신 이상자가 되었습니다. 이제 여기서
나가도 저의 이마에는 광인, 아니, 폐인이라는 낙인이 찍혀
있겠지요.

인간 실격.

이제 저는 더 이상 인간이 아니었습니다.

제가 여기에 온 초여름쯤에는 쇠창살이 끼워진 창에서
병원 마당의 작은 연못에 빨간 수련이 피어 있는 것이
보였습니다만, 그로부터 석 달이 지나 마당에 코스모스가
피기 시작하자 뜻밖에도 고향에서 큰형이 넙치와 함께
저를 데리러 와서는 아버지가 지난달 말에 위궤양으로
돌아가셨다고 말했습니다.

"이제 네 과거는 묻지 않을게. 생활 걱정도 시키지
않겠다. 넌 아무것도 안 해도 돼. 그 대신, 여러 가지 미련이
있겠지만 곧바로 도쿄를 떠나서 시골에서 요양 생활을 해
줘. 네가 도쿄에서 저지른 일의 뒤치다꺼리는 시부타가
대강 해 줄 테니까 신경 쓰지 않아도 돼."

큰형이 진지하게, 긴장한 듯한 어조로 말했습니다.

고향의 산하가 눈앞에 보이는 듯해서 저는 희미하게
고개를 끄덕였습니다.

진정한 폐인.

아버지가 돌아가셨다는 사실을 알고 난 뒤 저는 점점
더 얼간이가 되어 갔습니다. 이젠 아버지가 안 계신다. 내
마음에서 한순간도 떠나지 않았던 그 그립고도 무서운
존재가 이젠 안 계신다. 제 고뇌의 항아리가 텅 빈 것 같은
느낌이었습니다. 제 고뇌의 항아리가 공연히 무거웠던
것은 아버지 탓이 아니었을까 하는 생각조차 들었습니다.
저는 모든 의욕을 상실했습니다. 고뇌할 능력조차
상실했습니다.

큰형은 저에게 한 약속을 정확하게 지켜 주었습니다.
제가 태어나 자란 마을에서 기차로 네댓 시간 남쪽으로
내려간 곳에 동북 지방으로는 드물게 따뜻한 바닷가
온천지가 있는데, 그 마을 끝에 있는, 방은 다섯 개나
되지만 무척 오래된 듯 벽이 허물어지고 기둥은 벌레 먹어
거의 수리할 수조차 없는 시골집을 사서 저에게 주고,
머리카락이 굉장히 붉은 예순 살 가까운 못생긴 식모를 한
사람 붙여 주었습니다.

그러고 나서 삼 년 하고도 얼마간의 시간이 지나는
동안 저는 테쓰라고 하는 그 늙은 식모한테 몇 번인가

이상한 방법으로 겁탈을 당했고, 가끔씩 부부 싸움 같은 것도 하게 되었고, 가슴의 병은 일진일퇴해서 살쪘다 말랐다 하면서 혈담이 나오는 일도 있었습니다. 어제는 칼모틴을 사 오라고 테쓰를 마을 약국에 심부름 보냈더니 여느 때의 상자와는 다른 칼모틴을 사 왔는데, 그다지 신경 쓰지 않고 자기 전에 열 알 정도 먹고 나서 도통 잠이 오지 않아 이상하게 생각하고 있던 차에 배가 이상해서 서둘러 화장실에 갔더니 맹렬한 설사가 이어졌습니다. 그러고 나서도 연달아 세 번이나 화장실에 갔습니다. 하도 이상해서 약상자를 잘 살펴보니 그것은 헤노모틴이라는 설사약이었습니다.

저는 똑바로 누워서 배에 유단포[23]를 올려놓고 테쓰에게 잔소리를 하려고 했습니다.

"이봐, 이건 칼모틴이 아니야. 헤노모틴이지."

그렇게 말하다 말고 후후 웃어 버렸습니다. 아무래도 '폐인'이란 단어는 희극 명사인 것 같습니다. 잠들려고 먹은 것이 설사약이고, 게다가 그 설사약 이름은 헤노모틴이라니.

지금 저에게는 행복도 불행도 없습니다.

모든 것은 지나간다.

23   더운물을 넣어 몸을 따뜻하게 하는 통.

지금까지 제가 아비규환으로 살아온 소위 '인간'의 세계에서 단 한 가지 진리처럼 느껴지는 것은 이것뿐입니다.

모든 것은 그저 지나갈 뿐입니다.

저는 올해로 스물일곱이 되었습니다. 그러나 백발이 눈에 띄게 늘어서 대부분의 사람들은 마흔 살 이상으로 봅니다.

후기

나는 이 수기를 쓴 광인을 직접 알지는 못한다. 그렇지만 이 수기에 나오는 교바시 스탠드바의 마담일 거라고 짐작되는 인물은 조금 알고 있다. 몸집이 작고 안색이 좋지 않고 눈이 가늘게 치켜 올라가고 코가 높은, 미인이라기보다는 미남이라고 하는 편이 어울릴 만큼 딱딱한 느낌의 여자였다. 이 수기에는 아무래도 쇼와[24] 5~7년경의 도쿄 풍경이 주로 묘사되어 있는 것 같은데, 내가 친구 손에 이끌려 그 교바시의 스탠드바에 두서너 번 들러 하이볼 같은 것을 마신 것은 일본 군부가 슬슬 노골적으로 설치기 시작했던 1935년 전후의 일이었으니 이 수기를 쓴 남자는 만나지 못했던 것이다.

올해 2월 나는 치바현 후나바시시로 피란 가 있던 한

---

24   쇼와 왕의 통치 기간을 가리키는 연호. 1926~1989년.

친구를 찾아갈 일이 있었다. 내 대학 시절 학우로, 지금은
모 여자 대학에서 강사 노릇을 하고 있는 친구였다. 이
친구에게 우리 친척의 혼담을 부탁해 두었기 때문에,
겸사겸사 신선한 해산물이라도 구해서 집안 식구들한테
먹이려는 생각에 배낭을 짊어지고 후나바시시까지 갔던
것이다.

후나바시시는 갯벌에 면한 꽤 큰 도시였다. 그런데 그
친구네는 새로 이사 온 주민이어서 그 고장 사람들한테
번지수를 대고 물어봐도 집의 위치를 좀처럼 알 수가
없었다. 추운 데다 배낭을 짊어진 어깨가 아파 와서 나는
레코드판 소리에 이끌려 어느 다방 문을 밀고 들어갔다.

거기 마담이 낯이 익어서 물어보니 바로 십 년 전 그
교바시 작은 바의 마담이었다. 마담도 금방 나를 기억해
냈는지 서로 놀라서 요란하게 웃고는 이럴 때 나오기
마련인, 공습으로 집이 타 버린 일 따위를 누가 묻지도
않았는데 자랑스러운 듯 서로 얘기하고는,

"당신은 하나도 안 변했어."

"아니에요. 이젠 할머니인걸요. 몸이
삐거덕삐거덕해요. 선생님이야말로 여전히 젊으세요."

"천만에. 벌써 애가 셋이나 되는걸. 오늘은 녀석들 먹일
식량을 사러 왔어."

등등 오랜만에 만난 사람끼리 흔히 하는 인사를

나누고 나서 둘의 공통되는 지인들의 소식을 묻던 중에, 문득 마담이 새삼스레 어조를 바꾸더니 "당신은 요조를 알고 있었던가요?" 하고 물었다. 모른다고 대답하자, 마담은 안으로 들어가 노트 세 권과 사진 석 장을 들고 와서 나한테 건네주면서 "소설의 재료가 될지도 모르겠네요."라고 했다.

　　나는 남이 떠맡기는 소재로는 작품을 쓰지 않는 성품이었기 때문에 그 자리에서 바로 돌려줄까도 생각했지만 그 사진(이 사진 석 장의 기괴함에 대해서는 서문에도 써 두었다.)에 마음이 끌려서 어쨌든 노트를 맡기로 했다. "돌아갈 때 다시 여기에 들르겠지만, 무슨 동네 몇 번지 누구 씨라고 여자 대학 선생 노릇을 하고 있는 사람네 집을 혹시 모릅니까." 하고 물어보니 새로 이사 온 사람끼리라 그랬는지 알고 있었다. 가끔 이 다방에도 들른다고 했다. 바로 근처였다.

　　그날 밤 친구와 술을 한잔한 뒤 그 집에서 묵기로 한 나는 아침까지 한숨도 자지 않고 그 노트를 읽었다.

　　그 수기에 씌어 있는 것은 옛날 얘기긴 했지만, 요새 사람들이 읽어도 상당히 흥미를 느낄 것이 틀림없었다. 쓸데없이 내가 첨삭을 가하기보다는 이대로 잡지사 같은 곳에 부탁해서 발표하는 것이 좀 더 의의가 있을 듯싶었다.

　　아이들에게 선물로 줄 해산물은 말린 생선뿐이었다.

나는 배낭을 짊어지고 친구네 집을 하직하고 나서 예의
다방에 들러 "어제는 고마웠습니다. 그런데……." 하고
바로 이야기를 꺼내었다.

"이 노트 당분간 빌려주실 수 있겠습니까?"

"예, 그러세요."

"이 사람 아직 살아 있나요?"

"그게 통 알 수가 없어요. 십 년쯤 전에 교바시의
가게로 그 노트하고 사진이 소포로 왔는데, 보낸 사람이
요조가 틀림없을 텐데, 그 소포에는 요조의 주소도 이름도
쓰여 있지 않았거든요. 공습 때 다른 물건에 섞여서 이것도
묘하게 무사했나 봐요. 저는 요전번에 처음으로 전부
읽고……."

"울었습니까?"

"아니요, 울었다기보다…… 글쎄, 다 끝난 거지요?
사람이 이 지경이 되었다면 이젠 틀린 거죠."

"그러고 나서 십 년이라면 이미 죽었을지도 모르겠군.
이것은 감사의 뜻으로 당신에게 보낸 거겠죠. 다소
과장해서 쓴 듯한 부분도 있지만 당신도 꽤 피해를 본
것 같군요. 만일 이것이 전부 사실이라면, 그리고 내가
이 사람의 친구였다면 나 역시 정신 병원에 집어넣고
싶었을지도 모르지."

"그 사람의 아버지가 나쁜 거예요."

마담이 무심하게 말했다.

"우리가 알던 요조는 아주 순수하고 자상하고……
술만 마시지 않는다면, 아니, 마셔도…… 하느님처럼 좋은
사람이었어요."

연보

다자이 오사무 연보

대지주의 아들로 태어나다

1909년 6월 19일 일본 아오모리(青森)현 쓰가루(津輕)군에서
신흥 상인이자 대지주인 부친 쓰시마 겐에몬과
모친 다네 사이에 열 번째 자녀, 여섯 번째 아들로
출생했다. 본명은 쓰시마 슈지(津島修治).

1912년(3세) 5월, 부친이 중의원(일본 국회의 하원) 의원에
당선되었다.

1916년(7세) 4월, 가나기(金木) 제일심상 소학교에 입학했다.

1922년(13세) 3월, 소학교를 졸업. 성적이 우수하여 육 년간 수석을
유지했다. 4월, 교외의 메이지 고등소학교에 입학해
일 년간 통학했다. 12월, 부친이 아오모리현 다액
납세 의원으로서 귀족원 의원이 되었다.

1923년(14세) 3월, 부친이 도쿄의 병원에서 별세(53세). 4월, 현립
아오모리 중학교에 입학했다.

작가의 꿈을 키우다

1925년(16세) 아오모리 중학교《교우회지》에 작품을 발표하면서
작가의 꿈을 키우기 시작했다. 8월, 친구들과 동인지
《성좌》를 창간해 희곡을 발표했으나 1호로 폐간.
11월, 남동생이 동인으로 참가한《신기루》를 창간해
적극적으로 편집을 맡으면서 소설, 에세이 등을
발표했다.

1927년(18세) 4월, 히로사키(弘前) 고등학교 문과에 입학했다. 7월,
작가 아쿠타가와 류노스케(芥川龍之介)의 자살에
충격을 받고 학업을 소홀히 하게 되었다.

1928년(19세) 5월, 동인지《세포문예》창간. 생가의 치부를
고발한 장편 소설「무간나락」을 발표했다. 게이샤
베니코(紅子, 본명 오야마 하쓰요(小山初代))를 만났다.

1929년(20세) 1월, 남동생이 패혈증으로 돌연 사망(18세). 12월,
기말 시험 전날 밤, 다량의 칼모틴으로 하숙방에서
자살을 기도했다.

잇따른 자살 기도, 문단 데뷔

1930년(21세) 4월, 도쿄 제국 대학 불문과에 입학했다. 작가

이부세 마스지(井伏鱒二)를 사사했다. 고교 선배의
권유로 비합법 좌익 운동에 참가했다. 11월, 도쿄
긴자 카페의 여급이었던 다나베 아쓰미와 가마쿠라
해안에서 칼모틴으로 동반 자살 기도, 여성만
사망했다. 12월, 하쓰요와 간소한 혼례를 올렸다.

1932년(23세)　7월, 아오모리 경찰서에서 조사를 받고 비합법
활동과의 절연을 서약했다. 단편 「추억」을 집필.
이후 「어복기(魚服記)」, 「잎」, 「로마네스크」 등
『만년(晚年)』에 수록될 작품들을 잇달아 발표했다.

1934년(25세)　동인지 《푸른 꽃》을 발간했다.

1935년(26세)　3월, 도쿄 대학 낙제. 미야코(都) 신문 입사 시험에도
낙방했다. 가마쿠라의 산에서 자살 기도. 맹장염
수술 후 복막염을 일으켜 중태에 빠졌다. 입원 중,
진통제 파비날에 중독. 《일본낭만파》 5월호에
「어릿광대의 꽃」을 발표했다. 8월, 「역행(逆行)」으로
제1회 아쿠타가와상 후보에 오르지만 차석에 그친다.
작가 사토 하루오(佐藤春夫)를 방문, 이후 사사하게
된다.

1936년(27세)　6월, 첫 창작집 『만년』을 간행. 7월, 우에노에서
출판 기념회가 열렸다. 파비날 중독 증상이 극심해져
병원에 입원, 한 달 후 완치되어 퇴원했다. 9월,
「창생기(創生記)」, 「교겐(狂言)의 신」 발표.

1937년(28세) 3월, 아내 하쓰요의 부정을 알고 나서, 함께
칼모틴으로 동반 자살을 기도했다. 4월, 『HUMAN
LOST』 발표. 6월, 하쓰요와 이별. 7월, 창작집
『20세기 기수』를 간행했다.

1938년(29세) 9월, 야마나시(山梨)현 덴카차야로 가서 창작에
전념했다.

창작의 꽃을 피우다

1939년(30세) 1월, 스승 이부세의 중매로 이시하라
미치코(石原美知子)와 결혼했다. 「부악백경(富嶽百景)」,
「여학생(女生徒)」, 단편집 『사랑과 미에 대하여』를
간행했다. 9월, 도쿄 미타카(三鷹)로 이사했다. 직후
제2차 세계 대전 발발. 「아, 가을」 발표.

1940년(31세) 작가 다나카 히데미쓰(田中英光)가 소설을 들고
미타카로 찾아와서 다자이와 첫 대면을 한 이후
사사했다. 4월, 「달려라 메로스」 10월, 「여치」 발표.

1941년(32세) 「청빈담(清貧譚)」, 「도쿄팔경(東京八景)」 등을
발표했다. 6월, 장녀 소노코(園子)가 태어났다.
문인 징용령을 받았으나 흉부 질환으로 징용에서
면제되었다. 12월, 태평양 전쟁 발발.

1942년(33세) 장편 『정의와 미소(正義と微笑)』, 창작집 『여성』
(「기다리다」, 「여치」 수록)을 출간했다. 이 무렵부터 군사

교련을 받았다. 10월, 모친이 위독하다는 소식을 듣고
가족과 함께 귀향했다. 12월, 모친 별세(69세).

1943년(34세) 「고향」을 발표. 9월, 장편 『우다이진
사네토모(右大臣實朝)』를 간행했다.

1944년(35세) 『쓰가루(津輕)』 집필을 의뢰받아 5월 중순부터
6월 초순에 걸쳐 쓰가루 지방을 여행했다. 8월,
장남 출생. 창작집 『가일(佳日)』을 출간하고 이것이
영화화되었다. 11월, 『쓰가루』 간행.

1945년(36세) 4월, 공습으로 자택이 파손되어 고후(甲府)의 처가로
소개했다가 다시 7월 말, 고생 끝에 가나기의 생가에
도착했다. 8월 15일, 일본 패전. 9월에 장편 『석별』,
10월에 『옛이야기(お伽草紙)』를 간행했다. 농지
개혁으로 지주 제도가 해체되면서 생가는 사양의
길에 접어들었다.

마지막까지 쓰고 또 쓰다

1946년(37세) 전후 첫 중의원 의원 선거에 큰형이 당선되었다.
「고뇌의 연감」, 희곡 「겨울 불꽃」 발표. 『판도라의
상자』를 출간했다.

1947년(38세) 오타 시즈코(太田靜子)의 집을 방문하고 그녀의
일기를 빌린다. 이 일기는 소설 「사양(斜陽)」에
반영되었다. 「비용의 아내」를 발표. 3월, 차녀

사토코(里子, 작가 쓰시마 유코(津島佑子))가 태어났다.
11월, 오타 시즈코와의 사이에 딸 하루코(治子, 작가
오타 하루코(太田治子))가 태어났다. 12월, 『사양』 출간.
몰락한 귀족을 지칭하는 '사양족'이라는 단어를
유행시키며 베스트셀러가 되었다. 다자이의 생가는
현재 '사양관'이라 이름 지어져 기념관으로 운영되고
있다.

1948년(39세) 『다자이 오사무 수상집』, 『다자이 오사무 전집』
간행. 이 무렵 자주 각혈했다. 5월, 「앵두」 발표.
「인간 실격」을 탈고한 뒤 《아사히 신문》의 연재 소설
「굿바이」 집필에 착수했다. 6월, 「인간 실격」 일부를
《전망》에 발표. 6월 13일 밤, 도쿄 미타카의 다마강
수원지에 야마자키 도미에(山崎富榮)와 투신했다.
만 39세의 생일인 6월 19일, 시신이 발견되었다.
미타카의 젠린지(禪林寺)에 잠들다.
6, 7월, 유고 「굿바이」 발표. 7월, 『인간 실격』, 작품집
『앵두』(「ㅂ남자와 담배」 수록)가 출간되었다. 11월,
『여시아문(如是我聞)』 출간.

디 에센셜
다자이 오사무

1판 1쇄 펴냄	2021년 1월 20일
2판 1쇄 펴냄	2022년 1월 21일
2판 4쇄 펴냄	2024년 11월 8일

지은이	다자이 오사무
옮긴이	유숙자, 김춘미
발행인	박근섭, 박상준
펴낸곳	(주)민음사

출판등록	1966. 5. 19.(제16-490호)
주소	(우편번호 06027) 서울특별시 강남구 도산대로1길 62(신사동)
	강남출판문화센터 5층
	대표전화 02-515-2000 | 팩시밀리 02-515-2007

홈페이지	www.minumsa.com

© 유숙자, 김춘미, 2021, 2022. Printed in Seoul, Korea

ISBN 978-89-374-7293-0 03830

# #